LES CORBEAUX D'ALEP

Marie Seurat

LES CORBEAUX D'ALEP

FRANCE LOISIRS
123, boulevard de Grenelle, Paris

Édition du Club France Loisirs, Paris,
avec l'autorisation des Éditions Gallimard et Lieu Commun.

ISBN : 2-7242-4115-0.

A Zoulfa et Leïla
Alexandra et Laetitia
... Ce sont les mêmes

Au Passeur et à la barque

Je remercie Manmo (Salma Khoury) qui m'a élevée et élève mes enfants. Sans elle, ce livre n'aurait pas été écrit. Je remercie Gabrielle Bustros, mon amie, pour ses conseils et son soutien moral. François Abi Saab a réuni les documents sur la famille de ma mère.

Paul-Jean Franceschini m'a aidée à donner forme à mon histoire.

Une fois de plus, j'attends Michel. Toute la matinée, j'ai traîné dans l'appartement, habitée par une vague nausée qui m'empêche de penser. Dehors, Beyrouth en guerre vit l'un de ses mauvais jours. Explosions et rafales s'éloignent ou se rapprochent mais ne faiblissent jamais. De temps à autre, une ambulance passe sous la fenêtre en hurlant. J'ai l'habitude...

Ce mercredi 22 mai 1985, j'attends Michel. Pour rentrer à la maison, il faut qu'il emprunte la route de l'aéroport. Elle longe le camp palestinien de Bourj-Brajneh. Or depuis plusieurs jours, les chiites* de la milice Amal se battent dans ce secteur. Les Palestiniens ripostent durement. La presse ne parle plus que de « la guerre des camps ». Dans quelques heures, Michel va être pris dans les combats.

Je tourne en rond. Je ne vois plus que la moquette.

---

*. Les mots qui peuvent appeler une explication pour le lecteur français sont définis au glossaire, en fin d'ouvrage.

Il faudra la changer. Ce vert ! Une couleur que je ne supporte plus. Une couleur qui me sort par les yeux. L'espoir, dit-on. Non. L'islam conquérant, les guerriers du Prophète. Tout ce qui pèse sur notre vie depuis trop longtemps.

Je ne voulais pas qu'il aille à ce colloque d'Agadir. Le thème « Terrorisme, violence et ville » n'était pas de bon augure, il me faisait froid au cœur. Michel m'a demandé de l'accompagner au Maroc. Et moi, je lui ai fait une scène ! Il était au volant de la voiture. Je lui ai crié tout à coup : « Tu n'as pas le droit ! Tu me laisses avec tes filles sous les bombes ! » Il a freiné brutalement, est descendu, sans un regard pour moi.

Il aurait dû rester, ne serait-ce que pour assurer l'intérim du directeur de son institut de recherches. Il est parti quand même. Hier, je lui ai téléphoné à Paris où il a dû s'attarder. Je n'en pouvais plus. Je l'ai supplié de rentrer. Nos filles, les bombes... Je me sentais si misérable, si loin de lui. Je lui ai même dit : « Tu n'entends pas que je tousse ? »

Dehors, le vacarme des tirs ne diminue pas. A midi, la bonne sri-lankaise, Rupa, nous sert les restes des repas d'hier. Vers quatre heures, je dois sortir pour aller chercher Zaza chez ma mère. Une mouche bourdonne dans la pièce et le ventilateur brasse un air poisseux et tiède. En rentrant à la maison, nous passons devant l'hôpital américain. Un camion de la milice chiite Amal accroche ma voiture. J'ai souvent eu des accidents mais je vois dans celui-ci un avertissement, un signe. Des ambulances tournoient, sirènes bloquées. Elles conduisent les blessés aux urgences. Quand l'un d'eux meurt pendant le transport, la voiture stoppe et des hommes en armes en jaillissent. Dans leur fureur, ils tirent sur les passants. Tandis que je fais marche arrière pour dégager ma petite Fiat, le chauffeur du camion m'insulte. Chez nous, d'ordinaire, les hommes ne se conduisent pas de cette manière avec une femme. J'attends... Me revoici à la maison. Il pleut des bombes. Je me sens déprimée, plus lasse que jamais. Oui, je vais aller chercher Michel à l'aéroport ! Non, ce serait de la folie ! Je n'ai pas peur des combats. Mais s'il m'arrivait quelque chose !

Mon cousin Antoine vient attendre Michel avec nous. Homme d'affaires excentrique, il a troqué sa Porsche contre une Mobylette. Il se précipite affectueusement sur Zaza et la pince un peu trop fort à son goût. Elle se sauve en hurlant. A dix-neuf heures, Michel n'est toujours pas là. Une certitude m'envahit.

« Ils l'ont enlevé !

– Mais tu es folle, voyons ! Ils sont trop occupés à se battre. Ils n'ont ni le temps ni l'envie d'enlever des Français !

– Je te dis qu'il a été enlevé. »

D'où me vient cette certitude ? Mes pressentiments me trompent rarement. En me lançant dans des calculs d'horaire, je ne cherche qu'une confirmation. L'avion de Paris a atterri à 17 h 40. Il est dix-neuf heures et Michel n'est toujours pas là. Folle d'angoisse, j'appelle la compagnie aérienne. Le numéro de la MEA « n'accroche » pas. Je jette le combiné sur l'horrible moquette. Puis je me ravise et je tente encore d'obtenir à l'aéroport le service de la sécurité intérieure qui a les noms des passagers. Miracle, l'officier est au bout du fil. Il répond, catégorique :

« Oui, effectivement, il y a là un Michel Seurat, né en Tunisie en 1947, domicilié à Beyrouth-Zarif, titulaire d'une carte de résident. Il est passé il y a deux heures environ.

– Vous êtes sûr ? Vous l'avez vu passer ?

– Il est passé, puisque j'ai sa carte de débarquement. »

Je tremble. Je m'assois pour me relever aussitôt. Je décroche le téléphone sans savoir qui appeler. On l'a enlevé ! Comme il y a deux mois, jour pour jour, les diplomates français Carton et Fontaine. Je le sais. On dirait que je l'ai toujours su.

A neuf heures du soir, Jean-Pierre arrive. Collègue de Michel, cet historien dégingandé aux oreilles décollées et à la calvitie juvénile est le grand frère des heures de joie et de peine. Je ne supporte pas la vie sans son humour et sa tendresse. D'autres admirent surtout sa brillante culture de spécialiste de l'Empire ottoman. Il prend les choses en main :

« Viens, on va chez Samir. »

Samir, ami de Michel, fils d'une illustre famille, ne s'est pas engagé dans la lutte des factions. Il a gardé de bons rapports avec tout ce qui compte au Liban ; Walid Joumblatt est de ses intimes. Il connaît personnellement Nabih Berri, l'étoile montante du chiisme. En intervenant à ce niveau, il pourra obtenir une libération ou, du moins, quelques informations.

Je suis dans un tel état d'agitation qu'à peine au

volant de ma voiture je démarre... en marche arrière. Jean-Pierre n'a pas eu le temps de fermer la portière : le petit poteau de fer qui délimite l'emplacement de mon parking l'arrache de ses gonds. Encore un accident ! Jean-Pierre prend le volant.

« Laisse-moi conduire, il ne se passe rien. »

Samir habite rue Saint-Élie, tout près de chez Joumblatt, dans un quartier que contrôlent étroitement ses miliciens druzes. Le trajet dure cinq minutes, à travers les rues désertes et obscures. Au loin, les bombardements se poursuivent. Ce martèlement sourd rythme mon angoisse. Si la voiture de Michel avait été touchée par un obus ? Samir, visiblement fatigué, n'a rien perdu de son flegme.

« Calme-toi. Je viens de rentrer de la Bekaa et suis passé près des camps. Les chiites sont très excités et ils arrêtent pour les interroger tous les automobilistes chrétiens, sunnites et druzes. C'est sans doute ce qui s'est passé pour Michel. Ils vont le relâcher, tu verras... certainement dans les quarante-huit heures. »

Samir fait tout pour nous aider. Il prévient de la disparition de Michel les services de renseignements de l'armée libanaise, Joumblatt, Berri, qui sais-je encore ? Il parvient même à se procurer la liste des passagers de l'avion de Paris. Stupeur ! Pas de Seurat. Pourtant, l'officier de l'aéroport avait trouvé sa carte de débarquement. Depuis dix ans que dure cette guerre, je devrais être habituée aux incohérences. Une seconde, l'espoir me submerge puis reflue. J'avale le verre d'alcool que me tend Samir. Dans un brouhaha de sonneries de téléphone, de conversations et d'explosions lointaines, je suis du regard une silhouette entre deux panneaux de broderies persanes qui ornent le mur.

Je me réveille le lendemain matin, anéantie, trop fatiguée pour avoir peur. Le premier coup de sonnette me fait bondir le cœur. C'est Antoine, surexcité :

« Où est Michel ? »

A-t-il seulement quitté Paris ? Nous allons au bureau de l'Agence France-Presse où on doit le savoir. Il s'est fait accompagner à Orly par son ami Gilles Kepel. Un journaliste d'un hebdomadaire dont j'ignore l'existence, *L'Événement du jeudi,* a voyagé par le même vol. Il s'appelle Jean-Paul Kauffmann. A l'arrivée, un critique de cinéma libanais dit les avoir vus attendre leurs bagages côte à côte. Puis, plus rien. Ils ont disparu sur la route de l'aéroport. Tous nos amis se mobilisent ; les uns interrogent des chauffeurs de taxis chiites, d'autres visitent les morgues. Je ne le saurai que plus tard. Pour me ménager, on ne me parle pas de ces recherches vaines.

Le vide. Et, devant moi, infinie, la première nuit sans lui... Il faut fuir notre chambre. Aïda ! C'est vers elle que je me tourne. Sa porte est à un mètre de la mienne, toujours ouverte de l'autre côté du palier. Je traîne derrière moi le long fil de mon téléphone. Les gens commencent à arriver. Une petite foule d'amis, plus ou moins proches, de curieux, de relations que je n'ai pas revues depuis dix ans. Tous se retrouvent, se congratulent, font connaissance dans des tintements de verres. Il y a même de la musique. Toute cette bande est ailleurs, hors de ma tête et de ma douleur. Bourrée de calmants, le regard perdu, je me recroqueville sur le coin d'un lit. Aïda, bouleversée mais cramponnée à son rôle de maîtresse de maison, se partage entre moi et ses invités dont les éclats de rire, de temps à autre, sont couverts par le vacarme des bombardements.

La mort d'Eddy, mon premier mari, resurgit... Un accident de voiture en plein désert d'Arabie. Il avait vingt-cinq ans. Il m'a laissé ses trois harmonicas et la chemise à damiers rouges et blancs que je lui avais offerte pour son anniversaire. Lorsqu'on m'a annoncé la nouvelle, je me suis précipitée sur sa chemise. Sur son odeur. Et il s'est mis à revivre.

Le souvenir me fait crier : « Jean-Pierre, viens me chercher ! » Il me soutient pour traverser l'appartement en fête et en deuil. Il me conduit chez moi, dans la chambre. L'armoire m'attire, me happe et je prends à pleines brassées les vêtements de Michel. J'y plonge mon visage. Rien qu'une horrible puanteur de naphtaline. Je jette les costumes sur le sol. Et Jean-Pierre éclate de ce fou rire qui vous prend dans les catastrophes. Moi aussi, je ris. Debout, au milieu des vêtements éparpillés, nous nous regardons, impuissants.

Où suis-je ? Je ne supporte plus rien, ni le bruit, ni le silence. Je m'allonge. Est-ce le sommeil, cette chose qui m'engloutit ?

Le deuxième jour, je me lève doucement avec l'aube. Seule.

Très tôt, le téléphone sonne. Aïda décroche.

« Elle est fatiguée. Elle ne peut pas répondre. Qu'est-ce que vous lui voulez ? »

Au bout du fil, quelqu'un insiste. Aïda répète, effarée : « A propos de son mari ? Oui, attendez... » Elle me secoue. Hébétée, je saisis l'appareil d'une main tremblante. J'entends une voix grave qui me tire de ma torpeur.

« Si tu ne veux pas retrouver ton mari dans le frigo de l'hôpital américain, il va falloir payer. Prends 75 000 livres et va demain chez Hallab. »

L'individu raccroche. La somme est dérisoire pour ce genre de chantage. Je ne crois pas une seconde qu'il s'agit de quelque chose de sérieux. Un voyou des environs a dû apprendre que Michel avait disparu. Peut-être par le concierge, car personne n'a encore parlé d'enlèvement. Les journalistes ont décidé de garder l'affaire secrète dans l'espoir de faciliter un règlement.

Antoine, qui ne me quitte plus, refuse cependant de négliger cette piste. On ne sait jamais. Il est décidé à aller au rendez-vous avec la rançon demandée. L'espoir est infime mais je m'y accroche tout de même. D'ailleurs, vers qui puis-je me tourner ? La police ? Elle n'existe plus depuis longtemps. L'ambassade de France ? Elle ne s'est pas manifestée depuis qu'elle a, très courtoisement, accusé réception de la disparition de son ressortissant. Michel vit depuis si longtemps dans la région que, pour certains Français, il n'est plus vraiment des leurs. Et moi ? Pour les Libanais, je suis syrienne. Pour les Syriens, j'ai beau appartenir à la famille chrétienne des Mamarbachi à Alep – je suis désormais libanaise. Au fond, Michel et moi n'avons plus de patrie. Des compagnons d'errance, épris d'un « point de chute » devenu notre pays : le Liban...

Antoine m'a raconté la scène. Il est en route pour la remise de la rançon. Avec l'espoir de glaner une information, de n'être pas entièrement dupe. Au volant d'une grosse Mercedes bleue, il mène l'opération. Il a calé dans la boîte à gants une sacoche bourrée des 75 000 livres exigées par l'inconnu. Sa domestique alaouite, Anisé, est de l'expédition. Une motocyclette suit la voiture, assurant une escorte modeste avec le chauffeur d'Antoine, et, derrière lui, Kalachnikov en bandoulière l'un de ses amis, également chiite, milicien à ses moments perdus. Anisé s'installe dans la boutique du marchand de jus de fruits pour faire le guet. Antoine a fixé sur la voiture une pancarte qui proclame en grosses lettres rouges : « Nous sommes la famille de Michel Seurat. » Anxieux, il sue à grosses gouttes en surveillant le trafic assez dense. Soudain, une voiture noire le frôle, disparaît puis surgit à nouveau et s'arrête. Les maîtres chanteurs ? Antoine, mains tendues pour bien montrer qu'il n'a pas d'arme, s'avance vers les passagers. L'un d'eux l'apostrophe, menaçant : « N'approche pas ! Ne parle pas ! Fous le camp ! » Les gardiens d'une banque toute proche, alarmés par ce remue-ménage, braquent leurs mitraillettes. S'attendent-ils à un hold-up ?

Méprise ! La voiture noire est celle de membres d'un service de sécurité : l'ambassade de France, que j'avais prévenue du coup de téléphone des prétendus ravisseurs, a demandé l'intervention des Druzes. Après cette péripétie, la tête me tourne. Que faire ? Chacun a son idée, son conseil, sa solution. Une sorte d'état-major de crise s'est constitué autour de moi. On va jusqu'à me suggérer de faire un saut à Damas pour y demander assistance. Auprès des Syriens, dont Michel avait attaqué le régime dans plusieurs articles ? Chez les hommes de leurs services de renseignements, qu'il savait capables de tout ? Autant se jeter dans la gueule du loup ! Les discussions sans fin, les noms d'intermédiaires ressassés jusqu'à l'épuisement, les visites de morgues mènent dans ma tête une ronde infernale. Un médecin me prescrit une cure de sommeil. Mes filles sont casées chez maman et on me transporte à l'hôpital.

Quatre jours et quatre nuits de néant déguisé en repos. On me dira plus tard qu'à chaque réveil je parlais de tout et de rien, de lifting et de pêche sous-marine. Jusqu'au moment où je sors enfin de la brume : on me tend un feuillet blanc. C'est une dépêche de l'A.F.P. Le Djihad islamique – un des noms sous lequel opèrent les terroristes chiites – a enfin revendiqué l'enlèvement de Michel : il est vivant.

Vivant ! Quand je quitte l'hôpital, l'épreuve a changé de nature. La vie et la mort ne me rejettent plus, de seconde en seconde, au bout de l'espoir et de l'horreur. Désormais, mon ennemi, c'est le temps. Je rentre à la maison, seule. Dans le salon, la moquette, plus verte que jamais, me donne l'impression que je vais prendre racine. Une seule chose est sûre. Michel n'est pas là. Son absence s'installe doucement à mon côté.

Une amie, Loulwa, me rend visite. Elle me parle de l'attente, de la souffrance des milliers de femmes qui sont dans mon cas. Elle m'apaise, me dit d'avoir confiance. Et elle évoque un souvenir commun. Pendant le siège de Beyrouth par les Israéliens, j'ai eu la force de consoler, de prendre dans mes bras les enfants maudits de Sabra...

Les enfants de Sabra. Trois ans déjà. Par bonheur, Michel était avec moi. Un bombardement israélien avait détruit l'hôpital psychiatrique. Une quinzaine d'enfants erraient, nus, ensanglantés, dans les décombres. Loulwa les avait recueillis et installés sur le terrain de volley-ball d'une école arménienne proche de chez moi. J'ai vécu cinq jours au milieu d'eux, comme dans un Breughel ! Ils avaient entre cinq et dix ans. J'essayais de faire avaler quelques bouchées à une petite autistique. Je lavais tant bien que mal leurs déjections sur le sol avec un pauvre jet d'eau.

Je me revois pourchassant le mongolien obèse qui terrorisait les plus faibles avec le manche d'un balai. Au bout de deux jours, je me suis aperçue qu'un des garçonnets était parfaitement normal mais commençait à basculer dans la folie. Qui l'avait jeté dans cet enfer ? Je voulais le ramener à la maison. Michel, plus réaliste, a refusé. Ali vit aujourd'hui à l'orphelinat de Beyrouth-Ouest.

Oui, j'ai eu cette force-là. Mais avec Michel.

Réfugiée une fois de plus chez Aïda, je me suis assoupie. Des rires et des bouffées de musique orientale me réveillent. Je me traîne jusqu'à la porte du salon et m'arrête net, ébahie. La fumée dense et tiède de cigarettes flotte, immobile, dans la pièce. Au centre d'un cercle de spectateurs affalés sur les tapis et les fauteuils, une créature lourdement maquillée exécute une danse du ventre. Debout auprès d'elle, Aïda puise dans une coupe d'argent des pétales de rose qu'elle laisse tomber sur l'artiste. Antoine, aux anges, applaudit. Il s'est accoudé commodément sur les genoux de Loulwa que, pourtant, il connaît à peine. Tout ce petit monde se donne du bon temps. La vodka et l'arak coulent à flots. Dehors, Beyrouth tonne. Mais ceux-là, rien ne les dégrise, même pas une roquette qui, dans un ronflement sinistre, frôle la rampe du balcon. Surprise dans son déhanchement, la danseuse sursaute mais enchaîne avec grâce. Quand la musique s'arrête, tout le monde applaudit. Et elle s'incline dans un accoutrement somptueux, pour répondre aux ovations. C'est Jean-Pierre... Soudain, je le vois détourner la tête et éclater en sanglots.

Le lendemain, j'ouvre la maison et j'inspecte la vigne qui, sur la tonnelle du balcon, commence déjà à mûrir. Puis je prends longuement une douche glacée. Il faut que je change cette moquette ! Un ami bien intentionné me rend visite. Il dit savoir de source sûre que Michel sera libéré en octobre. Les Syriens, préparant leur entrée à Beyrouth-Ouest, faciliteraient cette libération en échange de contreparties politiques. Je tremble en entendant ce pronostic qui sera suivi par beaucoup d'autres. Octobre ! Dans cinq mois ! Autant dire : jamais.

Où est Michel, en ce moment même ? Que fait-il ? Quand il partait pour trois ou quatre jours sur son « terrain d'études » de Tripoli, dans le nord du pays, je l'accompagnais. La nuit, quand il écrivait, je dormais près de son bureau sur un canapé. A la veille d'un de ses innombrables retours de Syrie, j'avais fait un cauchemar. Il mourait dans un accident de voiture, sur la route d'Alep. A mon réveil, son portrait – celui que, depuis 1978, je regardais chaque matin – avait disparu. Je l'ai retrouvé au bas du mur, brisé. Mais, sur la photo, son sourire était toujours là.

Ah, qu'il revienne ! Comme il le fit par un après-midi de printemps, avec un tapis sous le bras, pour se faire pardonner son retard. Qu'il se réinstalle à son bureau, dans son univers ! Sans lui, seule, jusqu'en octobre ? Je n'y arriverai jamais.

Déjà l'émotion, la folle curiosité des autres se sont évanouies. On ne se bouscule plus autour de moi. Deux semaines ont suffi pour rejeter à l'arrière-plan de l'actualité l'enlèvement d'un certain Michel Seurat. L'ambassade de France ne s'est plus manifestée. Je ne dois plus craquer ni retourner à l'hôpital. J'ai repris le jeu. Je ne pouvais plus distinguer l'as de cœur de l'as de pique – les cartes sont tombées de mes mains tremblantes. Je commence à comprendre ce que veut dire une expression dont on use sans y penser : prendre son mal en patience.

Les filles sont revenues auprès de moi. Zaza me regarde du haut de ses trois ans avec un mélange de détresse et d'hostilité. Elle sent peut-être que je l'ai écartée. Je l'embrasse et la cajole en vain. Elle se raidit, se dérobe. Depuis qu'elle a appris la disparition de son père, elle s'est mise à bégayer horriblement. C'est sa façon de réagir à la folie ambiante. On m'a rapporté ses premiers mots : « Mon papa n'est pas un méchant. Pourquoi il est en prison ? » Au moment du choc, j'étais totalement incapable de m'occuper d'elle. J'avais déjà bien trop à faire pour ne pas sombrer moi-même.

Michel a une passion pour Zaza qu'il appelle sa Zoulfette. Depuis qu'elle est née. Après un accouchement difficile, j'étais rentrée à la maison dans le vacarme des bombardements. J'avais essayé de reprendre mes forces, dans le silence relatif des boules Quiès. Michel, avec une patience d'ange, nettoyait, langeait, berçait la petite. Il lui a raconté ses premières histoires, l'a hissée sur un poney pour la première fois. Sa Zoulfette le suivait dans l'appartement comme un chiot et se calait entre ses genoux lorsqu'il tapait à la machine. Sans son père, la voici devenue un petit bloc d'angoisse que rien n'entame. Elle s'est mise à détester tout ce qui, pour elle, touche à l'islam. Au point de se précipiter, dans la rue, sur un chrétien en abaya, pour tenter de le bourrer de coups. Quand je sors du bain, une serviette enroulée autour de la tête, elle me regarde, effarouchée.

« Maman, pourquoi tu as le chapeau des méchants ? »
Je l'entoure de tendresse, la gâte. En vain. Le traumatisme est sans remède. Mon impuissance me désespère.

Ma mère peut-elle faire plus pour moi ? Elle aussi tente de me consoler, de me rassurer.

« Ne t'inquiète pas, ma chérie. Michel reviendra. Ton père est bien revenu après ses deux années de prison ! »

C'est vrai, mais lui était prisonnier des Anglais, dans une île de la mer Rouge, sous l'accusation, d'ailleurs fausse, d'avoir vendu du blé aux Allemands ! Ce n'est pas comparable. Pourtant, maman insiste.

« Il s'est tiré d'affaire, lui aussi. Il faisait même la cuisine à ses geôliers. Ils l'ont pris en sympathie. Michel, qui est si patient, si soigneux, va leur faire son meilleur taboulé ! Ils s'en régaleront... »

Maman m'attendrit. Mais croit-elle vraiment qu'on peut séduire des fanatiques religieux par la gourmandise ? Pour moi, en effet, la chose ne fait aucun doute. Michel est aux mains des fidèles barbus de Khomeyni.

Cette certitude elle-même vacille soudain. Un matin, Jean-Pierre apparaît, l'air faussement dégagé. Je le connais assez pour sentir qu'il cache quelque chose. Je l'agrippe et le conjure de parler. Il déglutit et se décide enfin :

« Il paraît que ce sont les Syriens qui détiennent Michel maintenant... »

Le ciel me tombe sur la tête. Les Syriens ! Avec les articles virulents que Michel a écrits sur leur compte... Bien sûr, il usait d'un pseudonyme : Gérard Michaud. Mais on ne donne pas le change à ces gens-là. Horrifiée, je me souviens soudain du titre d'un de ses articles : « État terroriste, terrorisme d'État. » Je ne l'ai pas lu. Je me suis exclue volontairement de la vie intellectuelle de Michel. Tenue pour une enfant gâtée par ma famille, j'ai été traitée d'incapable parce que je n'avais pas mon bac... Et, de l'avis général, ce qu'il écrivait était difficile d'accès.

Je me souviens d'une période d'accalmie, il y a quelques mois. Michel voulait retourner en Syrie. Il essayait de me convaincre. Il ne resterait que trois ou quatre jours là-bas. Pour ses recherches...

J'ai explosé : « J'en ai assez de ces voyages ! Les extrémistes libanais de Tripoli ! Les Syriens ! Ils finiront par te mettre la main dessus ! Je ne comprends pas pourquoi tu te passionnes pour ces gens-là ? Ce n'est pas ton problème ! Autant choisir entre la peste et le choléra ! »

S'il est aux mains de ceux qu'il a tant critiqués, il est perdu ! Je suffoque dans mes sanglots. Zaza, près de moi, me tend des Kleenex et me dit, de sa petite voix qu'elle essaie d'affermir :

« Ne t'inquiète pas, maman. Papa reviendra bientôt. Ne t'inquiète pas... »

Jusqu'à présent, j'ai refusé de rencontrer qui que ce soit pour implorer une intervention en faveur de Michel. Je ne voulais pas mendier. Mais si vraiment les chiites de la banlieue sud allaient le livrer aux Syriens ? On me conseille d'aller voir leur « guide spirituel », le cheikh Mahomed Hussein Fadlallah, la star des médias, le maître à penser des « fous de Dieu ». J'ai souvent entendu Michel citer son nom. Dans la décision que je prends de le rencontrer, il y a une bonne part de curiosité.

En ce mois de juin 1985, la « guerre des camps » continue, entrecoupée de quelques fausses trêves qui ne trompent personne. Il faut pourtant s'enfoncer dans la banlieue sud, haut lieu des chiites. Loulwa vient me chercher. Robe de soie noire battant les chevilles, tête cachée sous un fichu blanc vaste comme une nappe, elle est méconnaissable. Pour éviter de scandaliser l'homme d'Allah, Maman complète ma robe de soie violet et noir d'une mantille semblable à celles qu'on porte à Rome pour l'audience du pape.

Dans le taxi, pendant que nous parcourons des rues interminables vidées par le jeûne du Ramadan,. Loulwa m'accable de recommandations. Toujours l'appeler « Sayyed », en sa qualité de descendant du Prophète, ne pas laisser échapper le moindre mot de français, ne pas le regarder dans les yeux, ne pas croiser les jambes...

Depuis l'explosion commanditée par la CIA qui a manqué le dignitaire mais a fait une centaine de morts, les alentours de son domicile sont interdits aux voitures. Guidés par un milicien aux cheveux gras, nous entrons dans le grand immeuble délabré du quartier général du Hezbollah. Dans une antichambre, on me somme de cacher une petite mèche rousse qui s'échappe de ma mantille et on me fournit une serpillière crasseuse pour mieux la dissimuler. Toutes les femmes qui viennent ici pour tenter de sauver leurs fils ou leurs maris enlevés l'ont portée avant moi. Dans une pièce de quatre mètres sur quatre dont tout un mur est occupé par un portrait géant de Khomeyni, des rideaux jaunâtres filtrent un crépuscule sale. Nous patientons longuement avant l'entrée en scène du « guide spirituel ». Je m'attends à voir un ascète au regard de braise.

La porte s'ouvre : entre un petit homme adipeux au visage luisant. D'énormes bagues ornent ses doigts boudinés. Un instant, je le prends pour un acolyte du haut dignitaire. Quand il ouvre la bouche, il faut me rendre à l'évidence : c'est « Sayyed » Mohamed Hussein Fadlallah en personne que j'ai devant moi. Je n'arrive pas à respecter la consigne de Loulwa et je le regarde dans les yeux. Ou plutôt, j'essaie, car il louche horriblement. Il débite dans un arabe fleuri un refrain qui a dû beaucoup servir.

« Nombreux sont ceux qui sont déjà intervenus pour

votre mari. Vous savez, j'ai tout fait pour qu'on le retrouve. Vous lisez trop la presse occidentale. Je ne cesse pour ma part de déplorer et de condamner les attentats, les enlèvements et la violence. Je ne saurais être mêlé à ce genre d'affaires, ni de près ni de loin.

– Sayyed, je ne lis pas la presse occidentale. Je lis l'arabe comme vous... »

Visiblement, il est sur la défensive. Il ne s'attendait pas, sans doute, à une épouse de Français parlant arabe. Il sent un peu d'insolence dans ma façon de le remercier pour avoir signé une pétition de personnalités musulmanes demandant la libération de Michel. Pour lui, une femme n'a pas à se comporter en égale de l'homme. M'empêchant de parler, il se lance dans un monologue confus que je réussis à interrompre à deux reprises. Chaque fois, il se lève pour me signifier que l'audience est terminée et se rassied, l'air furibond.

C'est donc cela, la tolérance et le dialogue dont on crédite ce monsieur ! En partant, je suis convaincue qu'il est mouillé jusqu'au cou dans l'enlèvement. Je décide d'éviter ce genre de rencontre, désormais.

Il est sept heures et demie quand nous rentrons à la maison. Affalé sur toute la longueur de mon canapé art déco, un pied pendant dans le vide, Jean-Pierre a l'air de poser pour une couverture de *Mad Magazine,* avec son crâne dégarni et ses oreilles écarlates. Pour avoir ce sourire béat, il a dû boire beaucoup. Qui devinerait en lui le docte auteur d'une thèse sur Alep au XVIIe siècle ? Lui, qui n'a guère le goût des femmes, a fait ma conquête dès notre première rencontre. Un taxi nous ramenait tous deux de Damas, en avril 1982. J'y étais allée acheter un tapis ou en faire réparer un, je ne m'en souviens plus. Dès que nous avons franchi la frontière libanaise, Jean-Pierre m'a prise à témoin.

« Ouf ! Ici, malgré tout, on respire. Sans ce chaos, cette anarchie, que deviendrions-nous ?

– Oh oui, que deviendrions-nous ? »

A partir de ce jour, nous ne nous sommes plus quittés.

Zaza n'a jamais vu Jean-Pierre dans un tel état. Pendant que la bonne prépare une salade de pommes de terre, la petite va chercher sa boîte de peinture. Il rit aux anges quand elle lui dessine sur le crâne une belle mèche verte. Et encore plus lorsqu'elle lui peint les lèvres en encadrements de fenêtres tunisiennes. Toute fière, elle court dans ma chambre et rapporte mon miroir en argent à tête de paon. Jean-Pierre s'y contemple en jouant la Castafiore.

« Ah, je ris de me voir si belle en ce miroir... » Un instant, Zaza a l'air heureuse.

A Beyrouth-Ouest, il n'existe plus qu'un seul espace vert pour les enfants. D'anciens baraquements de l'armée française du Levant ont été, peu à peu, transformés en un club de style « colonial » qui se veut sélect. Jadis, ses grilles ne s'ouvraient qu'aux Français et à quelques Libanais, musulmans sunnites de bonnes familles puissamment recommandés. Avec la montée en force de leur communauté, les bourgeois chiites ont acquis le droit, à leur tour, de prendre d'assaut la salle de squash et les quelques courts de tennis sur terre battue.

Assise dans un fauteuil, les pieds surélevés par une

table de pierre, la tête renversée en arrière, je ne vois que la cime des cyprès noirâtres et fatigués qui cernent l'aire de jeux. Zaza bâtit un château de sable tandis que Rupa protège Laetitia des insectes en agitant doucement son chasse-mouches. Je pense à Michel dans sa geôle. Il entre aujourd'hui dans sa troisième semaine de détention. Lui aussi compte les jours. Je me promets de sortir quant à moi de la prison de mon angoisse. J'apprendrai à attendre. J'attendrai...

Tout à coup, un rugissement emplit le ciel. Un Boeing marqué de l'emblème de la TWA passe à basse altitude. Un avion américain ici ? Depuis deux ans, aucune compagnie occidentale ne dessert plus l'aéroport de Beyrouth. Je comprends tout de suite : il s'agit d'un détournement.

Un quart d'heure plus tard, la radio confirme. L'appareil, qui reliait Athènes à New York *via* Rome a été détourné avec 145 personnes à bord. Dès qu'il a atterri, les trois pirates ont ouvert le feu sur une ambulance qui tentait d'approcher. Ils proclament que « l'islam sauvera la Palestine », vitupèrent l'impérialisme américain et exigent la libération de huit cents prisonniers chiites et palestiniens détenus dans la prison israélienne d'Atlit.

Je ne peux pas deviner quelles conséquences aura pour moi cette exigence... Sur fond d'espoirs déçus, le détournement se transforme très vite en une incroyable kermesse. Les gens d'Amal, qui tiennent la tour de contrôle de cet aéroport où l'on entre comme dans un moulin, fraternisent avec les pirates de l'air. Nabih Berri, chef du mouvement chiite Amal, pose au noble défenseur des droits de l'homme. Il trouve dans cette affaire une carte précieuse : il va peut-être pouvoir monnayer, contre des avantages politiques, la libération des otages de l'avion.

La comédie côtoyant le drame, le risible et l'odieux mêlés, je vais les retrouver souvent. Au point de refuser le rôle que la presse voudra m'assigner : femme douloureuse pour lecteurs sensibles. Mais on atteindra rarement les sommets de pitrerie médiatique que les mauvais esprits résument alors en deux sigles : TWA – *Travel with Amal* – et ABC – *Amal Broadcasting Corporation* !

Les miliciens chiites se remplissent les poches aux frais de la conscience universelle friande d'informations. Les conférences de presse, dans ce début d'été doux et humide, poussent comme des champignons. Les pirates de l'air sont les nouvelles vedettes de l'actualité. L'un d'eux veut utiliser un petit avion garé sur la piste pour rendre visite à ses parents et amis de la Bekaa. Un autre fait le faraud dans le cockpit à côté du pilote. Un cameraman lui lance, comme le metteur en scène d'un film à grand spectacle :

« Pointe-lui un pistolet sur la tempe ! Ça fera plus dramatique ! »

Sitôt dit, sitôt fait. Avec prises de vues redoublées. Entre les plans, le pilote, détendu, multiplie les sourires et vante la cuisine libanaise. Un pirate athlétique à fine moustache s'en prend à la tour de contrôle : « J'en ai marre de manger du fromage ! Apportez-moi du poulet ! »

Terrifié par la mise en scène grand-guignolesque qu'on lui mitonne entre deux éclats de rires complices, le téléspectateur occidental tremble dans son fauteuil. Les terroristes se paient sa tête. Et la presse joue leur jeu. Je ne l'oublierai plus.

Le show continue. Un célèbre chanteur grec qui voyage à bord du Boeing, Demis Roussos, sera libéré le premier. Nabih Berri donne une conférence de presse à son domicile, qui n'est pas très éloigné de la maison. Pour fuir l'angoisse d'un après-midi vide, je me laisse convaincre par Jean-Pierre de l'y accompagner. A l'entrée de la bâtisse – un cube de béton entouré de gros parpaings – on nous fouille consciencieusement. Devant moi, un photographe se voit confisquer un canif. La salle est remplie de journalistes multicolores baignant dans une odeur aigre de transpiration. Roussos, énorme et suffisant, flanqué d'un milicien et de Berri, semble sortir d'un sauna, la barbe comme lustrée au fixateur ; il porte un polo vert billard qui épouse avec peine le triple bourrelet de sa panse. Quelques journalistes français me reconnaissent et supposent aussitôt que je suis venue « faire quelque chose » pour Michel. Faire quoi ? Si Michel, au lieu de se lancer dans une thèse d'État et des études d'arabe, avait appris à se trémousser avec une guitare électrique, il serait peut-être libéré aujourd'hui ! Cette réflexion amère, je la fais à haute voix et un porte-micro l'enregistre à mon insu. Je dois supplier qu'on ne la passe pas à l'antenne. J'ai trop peur de blesser des susceptibilités et de faire un faux pas. En ce moment, Amal est plutôt en bons termes avec le Hezbollah. Je veux être discrète en espérant que les autorités françaises sauront battre le fer tant qu'il est chaud.

Sur l'estrade, Nabih Berri se carre face aux batteries de caméras de l'Occident. Et, soudain, il prononce cette phrase :

« Le sort de Michel Seurat et de Jean-Paul Kauffmann

est désormais lié à celui des otages américains. Les ravisseurs m'ont informé qu'ils relâcheraient les deux Français avec les passagers de l'avion... »

J'ai envie de crier. Je quitte la salle, titubante d'espoir. Comme j'ai hâte d'une étreinte que j'ai oubliée ! Nabih Berri propose à la France d'accueillir tous les otages dans l'enceinte de sa chancellerie de la rue Clemenceau en attendant qu'Israël ait relâché, de son côté, les détenus d'Atlit.

La réponse vient très vite. « Nous ne nous substituerons pas à des geôliers. Nous n'entrerons pas dans le marchandage », rétorque le porte-parole du Quai d'Orsay. Cet après-midi-là, deux mille personnes manifestent à l'aéroport sous un soleil de plomb en hurlant les slogans habituels : « Mort à l'Amérique ! Mort à Israël ! Khomeyni est notre chef ! Dieu est le plus grand ! » Un orateur s'égosille : « Nous ne céderons pas ! Nous obtiendrons la libération des prisonniers d'Atlit ! »

Et je rentre à la maison. Seule.

SAMEDI 29 JUIN

Message de l'ambassade de France. Je dois me rendre chez Nabih Berri à quinze heures pour y « récupérer » mon mari. On ne saurait être plus clair. Ivre de joie, je m'offre une petite vengeance de femme. Je m'habille à la façon d'un de ces moudjahidines afghans qu'aiment tant les militants islamiques : veste et saroual de soie saumon, yeux soulignés d'un trait de khôl. Mais ma tenue ne peut que choquer les dévots d'Allah !

Il y a foule dans le salon du chef d'Amal où on se bouscule. La presse est là, vibrante. Je m'assieds un instant près d'une fenêtre dans l'un de ces fauteuils pelucheux au châssis rouillé qu'on vend sur les trottoirs de la banlieue sud. Puis, n'y tenant plus, je me lève et fais quelques pas en direction du bureau de Nabih Berri. Encore des journalistes, entassés comme des cornichons dans un bocal ! A travers la porte close, je l'entends hurler. Il téléphone au vice-président syrien, Abdel Halim Khaddam. Du couloir voisin s'échappent des avalanches de chasse d'eau et l'insistante odeur d'urine qui imprègne les locaux officiels du tiers monde.

Accablée, j'interpelle le milicien qui s'ennuie derrière un bureau métallique, face à la porte.

« Je suis Marie Seurat. Mon mari est-il là ?

– Ton mari est avec les Américains. Ils mangent des crevettes au restaurant. Tu vas le voir tout à l'heure. »

Hier au soir, déjà, les otages et leurs geôliers ont dîné en grande pompe au Summerland, l'ensemble touristique présumé chic du bord de mer. Les otages ont eu droit à un gâteau, arrosé de thé – islam oblige ! On les a ensuite emmenés en autocar, comme une troupe scoute, faire leurs adieux au bon M. Berri. La fête a duré jusqu'à trois heures du matin.

Tout à coup, la porte du bureau s'ouvre. Un diplomate vêtu d'un costume blanc immaculé sort en trombe. C'est le chargé d'affaires français. Une horde de journalistes nous sépare. Je le hèle.

« Monsieur ! Monsieur ! Je suis la femme de Michel Seurat. Où est mon mari ? »

En ouvrant la porte de l'ascenseur, il me lance, pompeux :

« Ah, Madame ! La France a beaucoup fait pour votre mari. Vous allez le retrouver tout à l'heure. »

L'air me manque. Je vais m'accouder au balcon. L'un des conseillers de Berri s'avance vers moi et me confie, tout sourire :

« Michel sortira demain. »

Ce devait être aujourd'hui ! Et voici que la libération est repoussée. Pourquoi me mentent-ils ?

Et si ce n'était ni demain ni après-demain ? Pourtant, quand Berri annonce officiellement que tous les otages vont être relâchés, je me reprends à espérer.

30 JUIN

La matinée n'en finit plus. Je fixe le poste de radio, que je ne lâche pas une seconde. Il tremble dans ma main. Je tourne dans l'appartement qui me semble rapetisser d'heure en heure. Je ne sais pas qu'en ce moment même un membre de l'équipage fait, dans une cour d'école de la banlieue sud, l'appel de tous les otages de l'avion.

« *Are you ready to go home ?*

– *Yeah ! Yeah* », crient les otages en applaudissant comme à un concert pop dans Central Park. Un porte-parole d'Amal va jusqu'à souhaiter « les revoir un jour au Liban »...

A treize heures quinze, la radio annonce que le convoi a quitté Beyrouth pour Damas *via* les montagnes du Chouf. Dans la soirée, on me révèle que Michel et Kauffmann ne sont pas du voyage. Selon Berri, les ravisseurs les ont gardés pour qu'ils servent de « garantie » jusqu'à la libération totale des prisonniers d'Israël. Je suis effondrée, incapable même de pleurer. Plus tard, dans la nuit, je sangloterai sans pouvoir m'arrêter.

Le rocher retombe sans cesse sur moi. Maintenant, je suis censée attendre les libérations décidées par Israël : 31 des 766 prisonniers libanais sont relâchés dès le lendemain mais Shimon Pérès soutient, contre l'évidence, qu'il n'est pas partie à un accord. Nabih Berri fait marche arrière. Il n'est « plus absolument sûr » que les otages français soient aux mains de ceux qui s'engagent à les libérer ! Il se pose en victime. Il se plaint d'être traité de terroriste par les médias américains alors que ses intentions sont pures. A l'entendre, il ne rêve que de sauver Michel. Le brave cœur !

Jean-Pierre, qui m'a prise totalement en charge, m'emmène le plus souvent possible au restaurant. Il dit que mon moral est bien meilleur devant des crevettes grillées et du vin blanc.

A *La Spaghetteria*, où la presse a ses habitudes, j'entends la voix rauque d'un envoyé spécial assis juste derrière moi :

« Il a de la chance, ce Kauffmann. Ça lui fait une publicité incroyable. Ah ! je devrais organiser mon propre enlèvement ! »

Celui-là, je le tuerais volontiers.

Quand nous revenons à la maison, nous nous vautrons comme des adolescents sur l'infâme moquette verte. Nous écoutons Bob Dylan. Jean-Pierre singe le journaliste.

« Il a de la chance, ce Michel. Au moins, il peut travailler. Tu n'es pas là pour l'en empêcher ! »

Antoine nous rapporte lui aussi, de Beyrouth-Est, des plaisanteries du même genre. Michel serait devenu

« l'ayatollah Seuratti », il ferait la navette entre la banlieue sud et Baalbek en Range Rover. J'essaie de sourire. Mais cette façon qu'ont les hommes de conjurer leur angoisse ne m'amuse pas du tout.

Avant l'enlèvement, je ne lisais jamais un journal. Désormais, je me plonge chaque matin dans *L'Orient-Le Jour* que Rupa m'apporte avec le petit déjeuner. Il annonce aujourd'hui qu'un certain Jean-François Kahn, directeur de *L'Événement du jeudi,* vient d'arriver à Beyrouth. Sans doute pour s'enquérir du sort de son collaborateur ? Rien de plus normal. Mais quel Tartarin ! A peine descendu d'avion, il a proclamé :

« Je viens chercher Kauffmann et Seurat ! »

Moi, qui suis la femme de Seurat, je ne lui ai rien demandé. Il ne réussira qu'à rendre la situation plus inextricable. J'appelle l'ambassade de France dans l'espoir qu'ils pourront le faire taire.

« Mais, madame, voyons, c'est impossible... »

Et le fait est que Kahn ne s'en tient pas là. En quête de couleur locale, il va se faire photographier en plein quartier intégriste chiite sous un portrait géant de Khomeyni. Des miliciens du Hezbollah lui demandent ce qu'il fait là et le retiennent trois heures dans leur permanence. Quel courage à grand spectacle ! Le quatorze juillet, il se distingue encore : à l'en croire, ce n'est pas seulement la fête nationale française mais celle de la liberté, de la victoire de tous les déshérités. Belle fin de mission ! Arrivé en promettant monts et merveilles, il repart penaud en parlant le langage des ravisseurs. Car « déshérités » est le mot préféré des chiites. Concession inutile aux geôliers.

Comme l'écrira Michel, un mois plus tard : « Le tour de piste de Jean-François Kahn et ses paroles malheureuses les ont passablement énervés. »

Mardi, cinq heures de l'après-midi. Je tourne en rond dans la chaleur moite de l'appartement. Seule. Jean-Pierre est à Istanbul, enfoui dans les archives de l'Empire ottoman, et les filles sont chez maman. On sonne à la porte. C'est mon cousin Henri, mon ange gardien, journaliste à l'Agence France-Presse. Si peu journaliste, à vrai dire ! Ce collégien d'Oxford aux grands yeux bruns, fou de Paul Morand et de Charlie Parker, ne ressemble en rien à un chasseur de nouvelles. Sans un mot, il me tend une enveloppe. Mon cœur se serre. Sur une feuille très fine, quelques lignes gribouillées et sa signature :

Le 19 juillet. J'ai exactement deux minutes pour te dire que je vais bien, que je suis bien traité – mieux depuis dix jours que nous espérons notre libération de jour en jour depuis dix jours – et que je t'aime. Je t'embrasse très tendrement ainsi que tous les miens. A bientôt. Michel.

Je lis et relis. Les murs dansent, mes mains tremblent. Je n'ai pas reconnu tout de suite son écriture. Elle a changé. Une lettre ! Enfin un signe ! Cette lettre est à moi, rien qu'à moi. Je n'en parlerai à personne. Je la palpe, elle est là, bien concrète. Mais le morceau de papier, échappé du lieu même de sa séquestration, me fait ressentir encore plus la séparation.

Je me précipite chez Aïda. La première preuve tangible que Michel est en vie ! Je suis soulagée, heureuse. Magda, notre voisine du quatrième étage, organise un dîner chinois. Beaucoup de ceux qui nous touchent de près ou de loin sont là. On boit du champagne...

Le surlendemain matin, le téléphone sonne. C'est encore Henri.

« Dépêche-toi de passer à l'A.F.P. Il y a quelqu'un qui veut te voir... »

J'accours. Me voici, pour la première fois, face à face avec Ali, chargé par Amal des relations avec la presse étrangère. Il n'a pas l'aspect hautain et brutal du milicien moyen. Il parle doucement en baissant les yeux. Il passe pour avoir fait fortune en vendant aux journalistes le droit de photographier le Boeing détourné de la TWA. Il possède une boutique de prêt-à-porter féminin à Hamra. On le dit ambigu : crapule pour les uns, cœur d'or pour les autres.

En tout cas, c'est à lui que je dois ma lettre. Il m'explique qu'Ayoub Hmayed, bras droit de Nabih Berri, lui a donné instruction de faire en sorte que Joëlle Kauffmann reçoive une lettre de son mari. « Je me suis dit que tu avais la priorité. Pourquoi cette Joëlle aurait-elle une lettre en France et pas toi, qui vis ici avec nous ? C'est pour cela que je t'ai fait avoir le petit mot. Maintenant, tu peux lui répondre... »

Jamais les couloirs de l'A.F.P. n'ont vu une course aussi éperdue. Je cherche un bureau vide pour m'y enfermer. Et j'écris. Je ne sais même plus quoi. J'ai dû chercher à le rassurer, parler du raisin qui mûrit sur le balcon, du bégaiement de Zaza... De Jean-Pierre et d'Henri, aussi. J'ai mentionné la mort du fils d'André Raymond, professeur à Aix-en-Provence, l'un des patrons universitaires de Michel. Et pour que le milicien n'ait pas à transporter une liasse de feuilles, j'ai réduit mon écriture. D'habitude, elle est exubérante comme moi. Elle se fait ici toute petite comme la sienne.

« Ne me rapporte pas deux lignes, dis-je à Ali. Cette fois, je veux une vraie lettre.

– Ne t'en fais pas. Nous sommes lundi. Je te promets ta réponse pour vendredi ou samedi. »

A mon immense étonnement, il tient parole. La lettre arrive le vendredi à l'A.F.P. Une enveloppe épaisse que me tend Henri. Avant d'en retirer les feuilles, je la serre très fort dans mes mains moites.

Le 24 juillet,

Mary chérie,

J'ai obtenu de mes geôliers de pouvoir t'écrire une « vraie lettre » cette fois, et je vais soigner mon écriture pour ne pas que tu t'imagines « des choses ».

Ta lettre, reçue hier soir, m'a fait un plaisir immense comme tu t'en doutes – de ma vie je n'ai connu une telle joie en recevant ce bout de papier froissé subrepticement dans la paume de la main alors que je me rendais comme chaque jour aux toilettes-douches les yeux bandés – mais si je tenais tellement à pouvoir te répondre tout de suite, et j'espère que ce mot te parviendra, c'est que ta lettre m'a bouleversé sur plusieurs points. D'abord et surtout Alexandra : dans les deux lettres que je t'ai envoyées précédemment durant les quinze premiers jours de ma détention, et qui, me semble-t-il ne te sont jamais parvenues, je te disais à quel point ma petite fille occupait mes pensées. La dernière image que j'ai gardée d'elle, jouant avec un cha-

riot devant l'aéroport, m'a hantée dès le premier jour, elle me fait mal mais me donne aussi la force de tout supporter. Mais voilà, j'espérais seulement que de son côté tout se passerait plus ou moins bien, et ce n'est pas ce que semble dire ta lettre. Alors, dis-lui bien que son papa va revenir bientôt, qu'il l'aime beaucoup, beaucoup, qu'il va bien, qu'il a maintenant une barbe comme le Père Noël, mais que, si elle veut, il la rasera tout de suite dès qu'il la verra « parce que ça pique ». Comme dans l'histoire du Petit Poucet, que je lui racontais tous les soirs. Papa a été enlevé... mais il a oublié de jeter ses cailloux. Il va revenir bientôt. Pour Laetitia, l'absence de son père ne doit pas être traumatisante, je suppose, j'ai hâte de la voir marcher. Le deuxième point : tu sembles dans ta lettre prévoir ma libération prochaine. En fait, je n'en sais plus rien. Dimanche 14 juillet, le responsable de notre affaire dans le groupe est venu nous informer que notre libération était imminente. Mais depuis, plus rien, il n'est plus revenu et nous ne savons rien. Tu imagines la déception ! Que s'est-il passé ? Le « tour de piste » de J.-F. Kahn, ses paroles malheureuses les ont passablement énervés, mais ce n'est sans doute pas la raison. Atlit ? Attendre la libération de tous ou d'une partie des prisonniers. On ne peut rien dire, ni dans un sens ni dans un autre. Ne t'en fais pas pour moi. Je peux tenir le temps qu'il faudra... mais c'est pour toi que je m'inquiète, pour mes filles, pour tous les miens. Ne vous fixez pas d'échéance en tête... c'est le plus sûr moyen de flancher. Ne « compte pas les jours », comme tu dis... Occupe ton temps et ton esprit autant que tu le peux et « couve » au maximum ma petite Zoulfette. Je ne veux pas conjurer le sort mais je crois que le plus dur est passé. Considère cela comme une parenthèse. Nous reprendrons bientôt notre vie l'un et l'autre, plus proches sûrement que nous ne l'avons jamais été, et c'est cela seul qui compte... plus proches aussi de tous ceux qui ont compté dans ces moments difficiles mais aussi « révélateurs ». Je pense à Henri surtout, à Jean-Pierre et à Waddah que tu cites dans ta lettre, à tous ceux qui ont manifesté leur sympathie à Beyrouth et à Paris, je pense à mon oncle qui est venu à Beyrouth, à André Raymond aussi dont le malheur m'a touché au plus profond. Dites-lui bien ma sympathie, Jean-Pierre et toi, dites-lui que je pense très fort à lui du fond de ma cellule et que je m'associe pour ma petite part ridicule à ce qui est le plus grand des malheurs...

Il faut que je te parle tout de même de nos conditions de détention, mais vraiment encore une fois, ce n'est pas prioritaire. Je disais que pour le moins nos geôliers ont toujours été corrects avec nous, en aucune façon ils n'ont porté atteinte à notre dignité d'hommes. Au début, c'était un peu difficile : deux – mais c'était encore heureux – dans une cellule de 2 m par 1,75 m durant 47 jours. La place de mettre deux lits pliants en parallèle, dont l'un que l'on redressait dans la journée pour pouvoir poser les pieds par terre, voire « marcher », c'est-à-dire faire deux pas et demi et retour autant de fois que nécessaire pour « se dégourdir » les jambes et la cervelle. On nous a tout de même mis une ampoule électrique et donné quelques bons livres qui ont meublé le plus clair de notre temps. Sartre, Malraux, Voltaire... un vrai centre culturel. Les derniers jours, le responsable d'alors nous informe de la déclaration de Nabih Berri annonçant notre libération dans la

« fournée » des otages américains de l'avion. Et puis, rien, première déception... Le 8 juillet, changement de décor : nous sommes pris en main par un autre responsable – style intellectuel francophone – et transférés dans une autre pièce qui est au Hilton ce que l'autre était à Poulo-Bidong : 4 m par 4 m, moquette, néon, geôliers aux petits soins, ils nous apportent même L'Orient *et le* Safir *tous les jours (quand ils n'oublient pas), voire* Le Monde *et quelques hebdomadaires. On nous a donné quelques-uns des livres qui étaient dans nos bagages, et quelques coupures de journaux concernant notre affaire depuis le début. Nous avons eu aussi quelques discussions politiques, religieuses, et sur la philosophie de nos existences respectives. Je ne désespère pas d'avoir un jour le droit de te téléphoner... cela me fait du bien de te savoir près de moi (je pensais que tu étais en France avec les filles). Mais, de grâce, n'hésite pas à partir si la situation devenait intenable. Pour le raisin, mange-le en pensant à moi avant que la chenille ne le fasse pour toi (et n'oublie pas de le laver). Quant au gâteau d'anniversaire le 14 août, j'y pense bien sûr, mais ne désespère pas, si ce n'est pas pour cette fois, il y aura encore l'anniversaire de Laetitia. Sois forte, j'ai la conviction que tout cela s'arrangera. Quand ? Demain ? Plus tard ? Nous n'en savons rien mais disons que ce n'est pas l'essentiel. Et à propos, tu ne me dis rien du CERMOC* : va-t-il irrémédiablement fermer ses portes et devrons-nous quitter ce pays ? Je t'embrasse très tendrement. Je vous aime, mes petites femmes. Embrasse ma mère et réconforte-la. Je me fais du souci*

*. Centre d'études et de recherches sur le Moyen-Orient contemporain.

pour elle. Qu'est-ce donc cette histoire de clinique ? Tu es très évasive. Rien de grave, j'espère.

Pense à mettre de l'huile dans la voiture. Ah ! Ah !

Peux-tu envoyer cette lettre jointe à Joëlle Kauffmann en lui téléphonant avant ?

Je lis et relis. La lettre m'apaise. Son calme, son absence d'angoisse me donnent l'impression que Michel raconte une expédition au Tibet. Pas une séquestration sous menace de mort. Est-ce son état d'esprit réel ? Ou seulement l'image qu'il veut me donner de lui ?

Nous nous sommes rencontrés, il y a un peu plus de douze ans, en mars 1973. A l'époque, je vivais encore avec Eddy. Michel enseignait l'arabe et l'histoire à l'École des lettres de Beyrouth. Il est venu à la maison examiner quelques livres. J'ai le souvenir d'un garçon effacé, timide, aux gestes doux et presque inquiets. Je n'aimais pas beaucoup les étrangers. Ce Français qui venait farfouiller chez nous m'agaçait. J'ai tout de même remarqué ses longs cheveux bruns bouclés, sa démarche un peu lourde, ses yeux d'un gris profond. J'ai pris le temps de lui jouer mon petit scénario de la jeune épouse de Palestinien connaissant tout du problème.

Je ne l'ai revu que deux ans plus tard, à Chemlane, dans notre maison de la montagne. Je m'étais séparée d'Eddy. Michel, descendant de sa moto, avait plus d'allure qu'à notre première rencontre. C'était l'heure du déjeuner et Manmo, convaincue que tous les jeunes d'allure hippie mouraient de faim, a absolument voulu nourrir ce pauvre Français aux jeans troués. Elle a improvisé avec les restes de la veille un plat qui n'était pas très engageant. Quand je le lui ai dit, elle a haussé les épaules.

« Ne t'inquiète pas. Les *ajaneb* n'ont pas le sens du goût. »

Ajaneb est le pluriel d'*ajnabi,* « étranger ». Jusqu'à la fin, Michel aura été traité d'étranger par ceux qui lui déniaient le droit de connaître une société qui n'était pas la sienne.

Un mois plus tard, une amie me demandait d'organiser un petit dîner et d'y inviter Michel. C'était le printemps et j'étais tout heureuse d'étrenner ma nouvelle voiture, une Alfetta GT. Si heureuse que j'ai roulé beaucoup trop vite et embouti une grosse américaine. L'Alfetta et mon moral en ont pris un sacré coup. J'ai décommandé le dîner mais je n'ai pas pu prévenir Michel qui était à Damas. A huit heures du soir, allongée sur mon lit de cuivre, je me demandais en m'épilant les sourcils comment éviter l'irruption de cet importun.

A neuf heures et demie, il n'était toujours pas là. Je commençais à remercier Dieu pour ma tranquillité nocturne quand j'ai entendu toquer à la fenêtre. J'ai un peu hésité avant d'ouvrir.

Après dîner, je lui ai montré mes objets préférés. Dont un Smith et Wesson à barillet. Pensif, il a longuement fixé la crosse de bois blond. Au petit matin, inquiète, je me suis tournée vers lui. Lorsque j'ai vu ses yeux aussi gris, aussi grands que la veille, j'ai décidé de l'aimer. Je lui ai prêté mon kimono rouge et nous avons pris le petit déjeuner dans le champ fleuri de pâquerettes. Ce matin-là, nous avons bu un thé ambré comme l'or. Et je suis rentrée à la maison. Sur ma table à dessin, une feuille blanche s'offrait. Michel était derrière moi. Je lui ai dessiné un toucan sur une branche. J'ai coloré en jaune le bec de l'oiseau mais je n'ai pas voulu peindre son corps en noir. De peur de nous porter malheur.

Après ce matin de sérénité, je l'ai rencontré régulièrement. Il habitait une sorte de cage à lapins en face du patriarcat grec. Son appartement était infesté de cafards. Il devait mettre le sucre à l'abri dans le Frigidaire. Chaque dimanche, nous visitions à moto un nouveau coin enchanté de la montagne libanaise.

Et puis la guerre est venue. Début 1975, la flamme couvait sous la cendre mais personne n'imaginait la férocité de ce qui nous attendait. Michel, fasciné, observait la montée des périls. Un après-midi de juin, tandis que l'artillerie tonnait, des Palestiniens le surprirent sur sa terrasse, jumelles aux yeux et carte déployée devant lui. Il a eu beau expliquer qu'il repérait, par pure curiosité , la provenance des tirs, ils l'ont embarqué, interrogé plusieurs heures et ont confisqué toute sa documentation. Ils étaient sûrs d'avoir affaire à un espion. Cet été-là, je l'ai vu, la mort dans l'âme, partir en Saône-et-Loire, dans sa famille. Je savais qu'il ne reviendrait plus à Beyrouth. Il avait été nommé pensionnaire de l'Institut d'études arabes de Damas. Je lui ai écrit plusieurs lettres. A l'époque, la poste libanaise marchait encore. Il ne m'a pas répondu. Déjà, je ne pouvais plus vivre sans lui. J'ai décidé de le rejoindre en Syrie.

C'était le début de notre guerre sans fin. J'ai été bloquée par de violents combats, en compagnie des cadres du bureau régional de la Citibank, dans l'hôtel *Holiday Inn*. Trois jours de furieuse bataille. J'ai senti venir une accalmie et me suis précipitée place Riad-Solh d'où partent les taxis collectifs pour Damas. Cela ne coûtait, à l'époque, que cinq livres libanaises. Je suis arrivée, au milieu de l'après-midi, dans une ville grise et triste que je voyais pour la première fois de ma vie, moi citoyenne syrienne, alors âgée de vingt-six ans. Je n'y connaissais personne. J'avais peur de me perdre et, surtout, de perdre Michel. J'ai fini par trouver l'Institut. Montée au premier, je sonne à la porte : une attente qui me paraît interminable, des pas lents et lourds. Il ouvre enfin et me fixe longuement, sans mot dire. Il ébauche un sourire. Je me fais toute petite dans son bureau. Pour fuir l'explication, il me parle des opprimés, de la justice, de la révolution. Il n'envisage plus d'adhérer au P.C.F. qui a trahi son espoir. Il évoque Franz Fanon. Puis il sort préparer un café turc et revient dans son bureau austère comme s'il portait la misère des damnés de la terre sur ses épaules.

Deux jours ont passé. C'est comme si nous ne nous étions jamais quittés. Mais il ne m'a pas demandé de rester. Je suis rentrée à Beyrouth pour revenir huit jours plus tard. La bataille des grands hôtels avait rendu ma maison de la montagne dangereuse et je ne voulais pas m'installer chez maman. Je suis arrivée avec mon sloughi et une grosse valise de cuir noir. Michel m'a dit que je ressemblais à mon chien. Il voulait bien me « dépanner » pour une période transitoire mais refusait qu'une femme s'installe dans sa vie. Il m'a tout de même demandé conseil pour la petite maison qu'il projetait de louer. On y accédait par un couloir étroit donnant sur la rue Halbouni qu'envahissaient les corans de toutes couleurs des librairies intégristes. C'était une maison de poupée. Sans cuisine. Il a fallu en construire une dans la cour intérieure, autour du citronnier qui avait trouvé grâce aux yeux du propriétaire.

Il y a plus de dix ans déjà. Dix ans avant ce jour où nous l'avons accompagné à l'aéroport. Ce jour où, à l'heure du départ, il s'est arrêté de perforer les murs du balcon pour y fixer les fils supportant la vigne qui, depuis, nous a donné dix kilos de raisin. Sur la route de l'aéroport, je l'ai entendu dire à Jean-Pierre dont Laetitia devait être la filleule : « Tu sais, être parrain, c'est très important. Tu ne prends pas cela assez au sérieux. » Jamais il me faisait ce genre de réflexions.

AOÛT

Je passe tout le mois à spéculer sur la libération des prisonniers d'Atlit, puisque celle de Michel est supposée en dépendre. Les Israéliens relâchent des fournées de cinquante ou cent détenus et, à ce rythme, je le reverrai à la mi-septembre. Pour tromper l'attente, je me consacre davantage à mon travail de graphiste et j'emmène Zaza presque chaque jour à la piscine du Golf Club. Des notables sunnites d'éducation anglo-saxonne ont fondé cet établissement dans les années 60. On y voit encore de temps à autre un actionnaire confortablement installé dans sa Range Rover, un Churchill au coin de la bouche. Le club est tout proche des bidonvilles d'Ouzai où se trouverait la geôle. Je fais des longueurs et des longueurs dans l'eau glacée, puis, à bout de souffle, je m'allonge sur le gazon et fixe intensément ces bâtisses grisâtres, cette banlieue dense et misérable. Tout près d'ici, Michel moisit lentement dans son cachot.

Un contraste de plus dans cette vie de Beyrouth qui fait croire à tant d'étrangers que nous sommes futiles ou cyniques. Que pensent-ils en me voyant passer mes soirées à une table de poker, en compagnie du savoureux Léon l'Arménien, négociant en sous-vêtements féminins qui a assorti sa cravate à son chapelet de turquoises ?

La tragédie côtoie l'extravagance. Mes partenaires me déposent, tard dans la nuit, à mon domicile de Zarif, tout près de la tour Murr qui passe pour abriter le centre de tortures de la milice Amal. En traversant la rue Spears, un barrage du Hezbollah nous arrête. Sur la banquette arrière, Léon tremble de peur. Tous les musulmans l'épouvantent à cause du massacre des siens en Arménie. Et j'entends cliqueter entre ses mains la boîte des fiches de jeu.

La nuit, je rêve de partir pour Las Vegas, y purger mon temps d'attente. Ah, ne plus voir les aiguilles ramper sur les cadrans ! Ne plus cocher sur les calendriers les jours et les semaines ! Jouer, jouer ! A n'importe quelle heure, avec n'importe qui !

Ce mois d'août, j'ai encore confiance. Je passe mes week-ends dans la montagne chrétienne. Je me revois plantée au bord de la route avec un radiateur fumant, un pneu crevé et deux enfants qui hurlent. L'absence de Michel, à ces moments-là, se faisait cruellement sentir. Je ne savais même pas remplir une feuille de Sécurité sociale...

Le 14 août, date de son anniversaire, j'apprends par un message remis à l'A.F.P. que l'ambassadeur de France désire me rencontrer. Je suis prise de panique. Que me veut-il ? Je fonce sur l'autoroute en me répétant sans trêve : « Ça y est... il est mort... il est mort.... » Face au diplomate que je vois pour la première fois – large carrure et yeux bleus derrière d'épaisses lunettes – je lance, sans même dire bonjour :

« Il est mort ?

– Voyons, madame, croyez-vous que dans ce cas-là je vous aurais fait venir de cette façon ? »

Étrange réponse ! L'ambassadeur se dirige vers son bureau et extrait d'un dossier une photo qu'il me tend. Pendant quelques secondes, je ne reconnais pas l'homme. Barbu, les cheveux très courts, le regard vide, il a l'air d'un bagnard. Il porte un tee-shirt orange que je ne lui connais pas et brandit un exemplaire d'un quotidien du 13 août destiné à dater la prise de vue. C'est Michel ! L'idée me fait si mal que j'essaie aussitôt sans succès de déchirer le Polaroïd. L'ambassadeur tente de me calmer.

« On m'a donné de sérieuses assurances sur la libération de votre mari et de Kauffmann dès que le dernier détenu aura quitté Atlit. Surtout, ne donnez pas cette photo aux journalistes.

– Qui vous l'a remise, monsieur l'ambassadeur ?

– Je ne peux pas vous le dire, c'est confidentiel. »

Peut-être. Mais j'ai lu le matin même, dans *L'Orient-Le Jour,* que le diplomate s'est rendu la veille chez Nahib Berri. Le message est signé. Quelques jours plus tard, un collaborateur du cheikh Chamseddine, religieux chiite modéré, m'assure savoir que la Syrie s'est opposée à la libération des deux Français lors de l'affaire du Boeing et que Nabih Berri joue la comédie : la libération ne dépend pas de celle des prisonniers d'Atlit. Je refuse de le croire mais mon sang se glace. Je n'ai de pouvoir sur personne, et moi, je suis à la merci de cette engeance.

Depuis l'aube, les obus pleuvent. Chiites et Druzes s'expliquent à l'artillerie lourde. Nous nous réfugions d'abord dans la salle de bains puis dans la cage d'escalier. Dix ans de guerre nous ont appris que, dans cette situation, il faut mettre le plus de cloisons possible entre soi-même et le point d'impact. Tous les Beyrouthins ont ce réflexe. Mais les explosions qui font trembler l'immeuble, le grondement des canons, les hurlements des sirènes sont terrifiants. Dans le couloir, blotties contre moi, les deux filles crient.

Je me suis souvent demandé ce qu'il aimait en moi, lui si profond, si grave. Et moi si négative, gâtée et fantasque.

Il ne m'a dit « je t'aime » que trois fois.

Il avait la solitude du chercheur de trésor. Et n'était à l'aise qu'en plongée sous-marine. Peut-être à cause de la densité du silence...

Nous ne tenions pas au mariage. Mais Michel, dont les parents avaient divorcé, voulait fonder une famille stable. Moi, qu'on prétend incapable de vivre sans ma bonne et mes Lalique, je finis toujours par m'adapter à l'imprévu. Je peste, je m'en prends à la Terre entière mais je fais avec ce que j'ai. Michel, sans ses livres et son univers, était désemparé. Sous sa modestie, son paisible repliement sur soi, sa prudence, il y avait cette quête. Et la passion s'éveillait soudain en lui. Il pouvait alors faire cinq cents kilomètres à la recherche d'un livre, pourchasser un mérou comme on traque une idée. Un livre, un mérou, une quête... Des risques, aussi. Héritage familial, peut-être ; un grand-père, Léon Gaston, professeur de zoologie à la faculté des sciences d'Alger, qui sillonne, au début du siècle, l'Océanie, d'île en île, avec ce souci : comprendre la naissance des perles. Au passage, une rencontre aux îles Marquises : Paul Gauguin. De ce dernier, il dira : « J'ai rencontré un excentrique qui peint des monstruosités... » Plus tard, il entreprendra l'escalade, à dos de chameau, du Hoggar pour en étudier la faune ; il en rapporte la matière de plusieurs livres, mais aussi une famille de champignons, les *Seuratiacées,* et d'innombrables micro-organismes auxquels il donne le nom de *Seuraties.* Un père, Gérard, médecin colonial, qui s'adonne à la pêche sous-marine, au milieu des années 30, bricolant son matériel de plongée à grand renfort de chambres à air...

On ne savait jamais à quelle hauteur Michel Seurat planait. Quand je voyais son regard se perdre sur la crête du Mont-Liban, je le suppliais de ne pas partir, de ne pas me laisser : « Parle-moi, dis-moi quelque chose ! »

Sa passion pour la Syrie m'a fait redécouvrir ma terre

natale. Grâce à lui, une sans-patrie a retrouvé ses racines. Après le drame, je ne faisais que répéter : « Je n'ai plus de mari, je n'ai plus de pays ! »

Notre couple était surprenant et souvent difficile. Il m'a peut-être épousée comme on achète une monnaie byzantine ou un tapis caucasien. Il me traitait en Orientale tout en respectant mes libertés de femmes occidentale. Je prenais souvent cela pour de l'indifférence. Moi, je le faisais pénétrer dans un monde opposé à celui de la recherche, le monde d'un certain théâtre noir aux héros sulfureux.

Je l'appelais mon « héros-martyr ». Ce sont les mots qui, sur les murs de Beyrouth, légendent les photos des jeunes tués des combats de rue. Je les prononçais avec une ironie que la suite devait rendre cruelle. Quand Michel, dans sa Bizerte natale, avait vu en 1961 les parachutistes français ouvrir le feu sur les Tunisiens, il avait découvert sa vocation de défenseur des justes causes. Elle m'agaçait souvent. Pourtant, il ne manquait ni de lucidité ni d'humour. Dans une longue lettre datée de septembre 1971 il écrivait : *« Au mois d'août, les camps de réfugiés au Liban tiennent un peu de Lourdes avec une pincée de Palavas-les-Flots. Tout ce que la Rive gauche compte de gauchistes ou d'intellectuels en mal de causes perdues se retrouve en famille. Au début, ça vous fait un choc. »*

Assoiffé de pureté, il s'indignait que les Palestiniens les plus durs mènent la belle vie à Beyrouth avec leurs secrétaires italiennes, se bronzant sur la plage dès le début de l'après-midi. Dans sa lettre, il caresse un *« lancinant projet de voyage en Érythrée »* qui ne se réalisa jamais.

« Mourir pour Asmara, monsieur, vous n'y pensez pas ! » Lui aussi, comme tant d'autres, a connu la désillusion mais il prenait position. Lorsque les éditions Sindbad publièrent, sous le titre *Des hommes dans le soleil,* sa traduction des nouvelles de Ghassan Kanafani, on s'indigna à l'Institut qu'il osât, tout en résidant à Damas, condamner publiquement dans sa préface l'intervention syrienne au Liban. Son directeur de l'époque le mit sévèrement en garde. Certains de ses collègues se gaussaient de ses idéaux. Un homme de gauche qui avait épousé une Mamarbachi et roulait en BMW ou en Alfa !

Quelques mois avant son enlèvement, il avait été harcelé et mal noté par le nouveau directeur du CERMOC à Beyrouth. Ce Toulousain que nous avions reçu pendant quinze jours à la maison, petits plats dans les grands et domestiques aux aguets, s'était pris très vite à haïr le Liban et les Libanais. Ce géographe prosaïque, spécialiste de Chypre et ignorant l'arabe, plantait dans les plates-bandes de l'Institut des oignons que je me hâtais d'arracher. Le trio que nous formions avec Jean-Pierre lui était insupportable.

Un jour, Michel m'a demandé de faire agrandir la célèbre photo de Robert Capa prise sur un front de la guerre d'Espagne. Un combattant, frappé à mort, ploie les genoux, son long fusil entre les mains. Ce jour-là, j'ai mieux compris le regard lointain qu'avait parfois mon mari.

LE 19 AOÛT

Les bombardements et les combats font rage. Je suis bloquée dans un embouteillage quand une énorme explosion secoue la ville. Je tends le bras pour allumer la radio ; elle annonce presque aussitôt qu'une voiture piégée a explosé devant le restaurant *Hamadé*. A vingt-cinq mètres à peine de la maison. Là où Michel achetait du poulet grillé, de la chawarma et du hommos... quand il n'y avait rien à manger.

Mon quartier est bouclé. Je change d'itinéraire et me précipite chez Antoine pour prendre, au plus vite, des nouvelles de Laetitia et de Rupa. Il envoie son chauffeur qui se faufile en moto sur les lieux et nous avons tout de suite son coup de téléphone : elles sont indemnes. Il n'y a plus une vitre dans l'appartement et l'explosion, qui a fait vingt morts, a gonflé les fers forgés de l'entrée.

Le soir, après avoir récupéré et couché Zaza qui était chez maman, je demande à Rupa de me dire à quelle heure elle est sortie. Elle a fait son marché à onze heures et demie chez *Hamadé*. La voiture a explosé à midi. Soudain, la pièce me semble glaciale.

Ce soir, il y a du courant électrique. J'en profite pour me passer une cassette vidéo. C'est un épisode de la série tirée du roman d'Evelyn Waugh *Brideshead revisited*. Loin de l'Islam, à Oxford, où j'ai été heureuse, parfois.

C'était en 1969. Après un été orageux, maman m'avait envoyée là-bas pour y étudier le dessin. Oxford m'apprit un peu de tout : la gravure, la lithographie, l'histoire de l'art, les néo-positivistes, Wittgenstein et même le problème palestinien que les chrétiens d'Alep ne connaissaient pas.

Avec une bande d'étudiants de Christ Church, je partageais une maison victorienne. J'avais un faible pour les philosophes et les philosophes avaient un faible pour moi. A la fin de la troisième année, je m'habillais comme les Anglaises de Grosvenor Square et je trinquais dans les pubs de Chelsea. Le dernier trimestre, c'était Eight's Week, semaine des bals et des régates.

Le Dom Pérignon coulait à flots. A mes côtés, j'avais un prince portugais et Gatsby le Magnifique. Loin, si loin de l'Islam !

Je suis née à Alep, le 26 janvier 1949. Nous habitions un immeuble sans caractère, face à l'hôtel *Baron*, qui, déjà, faisait très fin de règne. On y conservait pieusement, dans l'une des vitrines du grand salon poussiéreux, les autographes des illustres voyageurs qui y avaient séjourné, dont une note réglée par T.E. Lawrence en 1914. Le propriétaire, M. Mazloumian, y a déduit de sa main une bouteille de Cordon Rouge, facturée par erreur : le roi sans couronne d'Arabie ne buvait pas d'alcool...

Douze années durant, maman essaya en vain d'avoir un enfant. En Orient, une femme stérile est une moins que rien. Douze années durant, Mme Mamarbachi subit les humiliations des frères de papa. Marie, ma grand-mère, hémiplégique, faisait de fréquentes cures au bord du lac de Tibériade et maman ne pouvait plus l'y accompagner. L'eau où pêchèrent les apôtres passait pour empêcher la conception ! Une année, lors d'un séjour au Caire, l'infortunée fut conduite chez son centième gynécologue. Il prescrivit des vitamines. On se moqua de cette ordonnance sans originalité, trois mois plus tard, maman était enceinte.

Mme Mamarbachi allait enfin être mère ! Cela lui valut l'intégration au sein du clan. Elle dut réduire ses bonnes œuvres et la hauteur de ses talons. Le trousseau fut commandé à Florence.

De cette époque, il me reste une photo. Un bébé joufflu, un ruban gigantesque sur la tête, trône face à l'hôtel *Baron* sur un Boukhara aux dominantes rouges. Ma nounou, Louciyya, avait ordre de ne jamais me quitter des yeux. Maman vivait dans la terreur des corbeaux. Il ne me reste plus que cette image, mais j'entends encore les cris des petits marchands juchés sur leurs ânes, les clochettes des vélos, le croassement des oiseaux de mort. Le médecin le plus respecté du nord de la Syrie, le Dr Hovaguimian, habitait au-dessus de chez nous. Maman, toujours anxieuse, déployait mes langes devant lui pour s'assurer que mes digestions étaient bonnes.

Je vivais dans un cocon. Blanc, c'est bien naturel pour la fille d'un industriel du coton. Sur le chemin de l'usine, les branches indisciplinées des cyprès du boulevard fauchaient des touffes blanches au passage des camions. Avec Henri, mon cousin et frère de lait, nous jouions à cache-cache entre les balles entassées pour l'exportation. J'étais un garçon manqué. Papa, bien sûr, aurait préféré que son premier-né fût un mâle. Quand le printemps envahissait Alep, nous nous perchions sur les tracteurs et les moissonneuses américaines que mon père importait.

J'avais six ans quand nous nous installâmes dans un vaste appartement d'Azizié, le quartier de la bourgeoisie chrétienne, face au jardin public Machtal. L'immeuble, impressionnant, était digne de notre opulente famille. Il abritait les trois frères, Georges au premier, Aziz, le père d'Henri, au second et Pierre au troisième. On fit venir de Beyrouth, toutes affaires cessantes, le décorateur Camille Mounsef pour se plier aux caprices de maman.

Chaque matin, à sept heures et demie, trois imposantes limousines noires attendaient les enfants pour les conduire à l'école. Notre chauffeur arménien, Isaac, était sur le pied de guerre, plumeau au poing. Il ne s'agissait pas de compter les mouches ! Papa montait avec nous et nous déposait avant de poursuivre sa route vers l'usine. J'avais très peur d'être vue par mes camarades en sa compagnie car il s'obstinait à porter le tarbouche en dépit des scènes que lui faisait maman. Il a fallu notre exil au Liban, en 1965, pour qu'il se résigne à abandonner ce couvre-chef.

Après mon lever et mon refus acharné de l'huile de foie de morue, j'entrais dans la chambre de maman ; allongée dans son immense lit, elle me tendait doucement la joue pour que je l'embrasse. Elle avait imposé à la maison l'usage du français. Papa, qui le parlait mal, s'adressait en turc à notre personnel arménien. Une nurse libanaise, Mlle Salma Khoury, avait été engagée pour s'occuper de nous. Manmo, tel fut son surnom, est devenue aussitôt et est encore aujourd'hui mon alliée précieuse et indéfectible.

Maman s'occupait des menus, de la prière du soir et de notre garde-robe. En ce temps-là, il n'y avait pas de magasin de vêtements à Alep. On faisait venir de Paris tout ce que ne fournissaient pas Joséphine, la couturière, ou Agop, le tailleur arménien dont l'atelier se trouvait derrière l'église grecque-catholique.

Alep était une musique douce et triste. Les saisons coloraient les confitures. En automne, les cédrats couleur de sable ondulaient dans la bassine de cuivre. Au printemps, les petites aubergines irisées y reposaient comme des perles noires au fond de leur coquille. En été, griottes et pétales de roses rivalisaient de faste. Vers la fin des chaleurs, on farcissait les citrouilles de pistaches et d'amandes. Les oranges dorées de Séville enchantaient le temps des confitures. Les saisons étaient longues et nous étions heureuses. Nous vivions entre la maison, les franciscaines, l'usine de coton et le jardin de l'immense propriété aux portes de la ville.

Elle était entourée de murets de terre battue que craquelaient des étés foudroyants et bordée, à l'ouest, d'un misérable ruisseau. Une année, des pluies torrentielles lui permirent tout de même d'inonder la ville.

Le jardin avait la quiétude des miniatures persanes. Les gazelles et les paons s'y promenaient en liberté. Les singes quittaient parfois leurs branches pour terroriser les dames qui se défendaient à coups d'éventail chinois. Les dépendances comportaient un potager et une fermette où, d'après les paysans, les chevaux ne cessaient d'être victimes des vipères. Papa faisait semblant de les croire. Comme pour relever un mystérieux défi, il importait à grands frais de Chine des canards et des poules qui s'obstinaient à mourir de dépaysement. Maman manifestait sa réprobation pour ce jardin ruineux en n'y mettant presque jamais les pieds.

Nous disposions de trois piscines. Dans la première, où nous invitions nos amies – car il n'était pas question d'aller dans un établissement public – un maître nageur attentionné veillait sur la perfection de notre brasse. Au crépuscule, quand la première fleur de grenadier faisait frémir la surface de l'eau, il était temps de rentrer. Trop proche de la fermette, la deuxième piscine servait de réservoir. A l'extrémité sud du jardin, la troisième, dominée par des montagnes de mûriers et toujours à l'ombre, était glacée. On ne s'y baignait jamais et l'on jouait, en écrasant les mûres sur ses bords, à l'empourprer comme un cardinal. Elle était aussi mystérieuse qu'une maison hantée. L'une de ses parois formait la pierre tombale géante devant laquelle, après une procession sur l'âne gris, nous enterrions chats ou lapins arrachés à notre affection, une boîte de Cream Crackers en guise de cercueil.

Maman, comme toutes les femmes de sa génération élevées sous le Mandat, évitait d'accueillir les musulmans sous son toit. A leur intention, elle faisait porter au jardin le menu préparé par Garabeth, le cuisinier arménien ; les amis de papa étaient essentiellement des agriculteurs de la Djezireh, des officiers et des hommes politiques. Lorsqu'en avril les longs plants de meloukhié verte débordaient des plates-bandes, elle invitait toutefois à sa table un musulman au nom prédestiné de Hallaj (le cardeur). Maman ne s'habitua jamais au rot de civilité qu'il éructait après le repas. En rougissant, elle portait la main à sa bouche et fixait un coin éloigné de la salle à manger...

Tous les matins, avant d'aller à l'usine, papa sortait sur le balcon pour contempler le ciel et mesurer les chances d'une pluie, faste ou néfaste selon la saison. En hiver, je le revois encore rentrant à la nuit tombée, le visage congestionné de froid, emmitouflé dans l'immense abaya en poil de chameau. Il transportait souvent une grosse boîte de bois remplie de crème de brebis. Maman, exaspérée, soupirait : « Encore de la crème de chez les Bédouins ! »

Dès que les journées s'allongeaient, il allait fumer son narguilé près des grenadiers, sous les opulentes grappes de raisin doré. Ce sont les seules images que je garde de lui en ce temps-là.

Je n'acceptais mon goûter que sur le dos de l'âne gris. Au dîner, Manmo me jurait que, si je ne mangeais pas, le petit Jésus m'enverrait en Enfer et je m'entêtais tout de même à fixer mon assiette. « Tu ne sais pas ce que c'est qu'avoir faim. Moi, j'ai dû voler pour manger », éclatait maman, les rares fois où elle était là. En 1916, les Allemands s'étaient emparé d'Alep. La maison réquisitionnée, ils avaient laissé à la famille, domestiques inclus, l'usage de deux des vingt pièces. Ma grand-mère Affilé envoyait la petite fille de trois ans dérober sa pitance dans les caves où s'entassaient les stocks de l'armée d'occupation.

« Les jeunes filles de bonne famille ne font pas ça ! » forgeait mon caractère intransigeant et provocateur. J'étais une marginale dans une famille que marginalisait sa religion.

J'étais en perpétuel conflit avec maman. Elle ne supportait pas la moindre imperfection et elle condamnait sans pitié la plus mince faute de goût avec un sens esthétique que j'ai toujours admiré mais qui, étrangement, s'arrêtait à la musique. J'ai dû me battre pour obtenir, à quatorze ans, mon premier tourne-disque. C'était un Teppaz en plastique beige. La musique lui donnait la migraine. Je n'ai jamais reçu d'elle le moindre compliment. C'était ma sœur Dalal qui travaillait, c'était ma sœur qui était studieuse, calme, persévérante, disciplinée.

Dès notre plus tendre enfance, les bagarres éclatèrent entre nous. Plus tard, beaucoup plus tard, nos rapports devinrent plus détendus. Mais nous étions loin de la complicité qui unit habituellement deux sœurs face à leur mère.

J'aimais passionnément maman, mais je méprisais sa façon de vivre, son système de valeurs, l'hypocrisie et la prétention de la bonne société chrétienne d'Alep. Admiratrice de la comtesse de Ségur, elle m'infligeait, ainsi qu'à Dalal plus docile, la révérence devant ses amies venues jouer aux cartes à la maison. Révoltée, je tirais la langue pour soulager ma rage dès que j'avais passé la porte du salon.

A l'école des franciscaines, les musulmanes n'allaient évidemment pas au catéchisme où l'on nous inculquait la crainte du Seigneur et de l'Enfer. En récréation, elles faisaient bande à part. Les chrétiennes se liaient rarement avec elles. La plupart de mes amies étaient des grecques-catholiques. Les chrétiens syriaques occupaient souvent le bas de l'échelle sociale. A treize ans, j'aimais passionnément une musulmane de ma classe. Maman, l'ayant appris, m'interdit de la voir. Était-ce à cause de sa religion ?

Ces conflits, ces pressions que l'on exerçait sur moi pour me forcer à être une autre me conduisirent à une puérile tentative de suicide : j'avalai un tube d'aspirine...

Dès l'âge de douze ans, j'avais appris à conduire au volant de l'américaine noire comme celle qu'on voit maintenant sur les pochettes de disques. Les dimanches de printemps, quand l'air était doux et que les fleurs tremblaient aux branches des buissons le long des routes poussiéreuses, on sortait de la ville vers le village de Khan-al-Assal qui se trouve à 15 kilomètres d'Alep. C'était la plus longue promenade qui nous était permise, et Isaac, le chauffeur, me laissait parfois étaler mes prouesses au volant de l'auto.

Un jour de grande chaleur sèche, maman décida soudain de « faire comme les autres mères » et de me laisser aller au camp des guides de Slenfé, centre de villégiature de l'ouest du pays, dans la montagne alaouite. Le samedi à l'aube, quand toute la troupe scoute fut réunie autour de l'autocar, la cheftaine m'annonça qu'il n'était pas question pour moi d'y prendre place : maman ne faisait confiance qu'à son chauffeur arménien ! Je fus aussi accompagnée de Manmo qui s'installa au grand hôtel de Slenfé pour m'y récupérer chaque soir.

La plupart des chrétiens de Syrie habitaient Alep la prospère que nous tenions pour la vraie capitale. Nous allions en vacances à Cannes ou à Genève. Nous prenions parfois le quadrimoteur d'Air Liban pour Beyrouth et nous logions au *Saint-Georges* tandis qu'au bar, Kim Philby, le prince des agents doubles, s'imbibait de whisky. Mais nous connaissions mal notre cité natale et j'ai dû attendre quinze ans pour découvrir la Grande Mosquée, la Citadelle et les souks. Le seul cinéma autorisé était celui du Cercle de la jeunesse catholique.

Chaque année, à Pâques, il projetait la même *Vie de Jésus.* Maman nous emmenait le vendredi saint, Dalal et moi, visiter les sept églises où nous faisions le tour, avec force larmes et signes de croix, d'un Christ gisant sur son autel de marbre. Le jeudi saint, Henri incarnait l'apôtre Jean et Monseigneur Hayek, l'évêque syriaque, lui lavait pieusement les pieds. Lorsqu'une nuée de papillons dansant autour des grenadiers annonçait la fin de l'année scolaire, le Cercle de la jeunesse catholique organisait une kermesse. C'était notre seule occasion de rencontrer des garçons.

Heureuses années ! Nos anniversaires étaient célébrés comme le retour de l'enfant prodigue. L'argenterie fastueuse sortait de ses coffrets. Après les longs étés torrides, les premières journées de fraîcheur étaient d'une douceur lumineuse. Années de quiétude... Elles sont aujourd'hui pour moi aussi lointaines qu'une légende.

29 AOÛT 1985

Le soleil est encore haut dans le ciel. Je fais, à la piscine du Golf Club, les longueurs qui ont le don d'apaiser mon angoisse et de m'assurer un semblant de détente. On m'appelle au téléphone. En nageant vers l'échelle chromée, je me demande qui peut bien me poursuivre jusqu'ici. C'est l'A.F.P. Ali leur a fait savoir qu'il veut me rencontrer. Il rappellera à quatre heures. Je m'habille au galop et me précipite à l'agence. Que peut-il se passer ? S'il s'agissait, comme la dernière fois, d'une lettre, Ali aurait pu la déposer...

A quatre heures précises, le téléphone sonne.

« Je veux te voir immédiatement.

– Où ?

– Au Beirut University College. »

Sur le campus, dix minutes plus tard, je l'aperçois entre cyprès et bougainvilliers. Il porte un pantalon blanc immaculé et des sandales de franciscain. Pour moi, il reste le messager des bonnes nouvelles. Je m'avance vers lui et l'embrasse sur les deux joues. Il sursaute, me prend par le bras et murmure :

« Tu te rappelles ce que je t'ai promis il y a un mois ? Que tu verrais ton mari pour le premier anniversaire de ta fille ?

– Je me le rappelle, bien sûr. »

Mais, à l'époque, la chose m'avait paru si extravagante que je n'y avais pas prêté foi. Je le regarde, bouleversée.

« Quand ?

– Pour l'instant, je l'ignore. Je te rappellerai ce soir vers onze heures pour confirmer. Surtout, ne bouge pas de chez toi et n'en parle à personne. »

Garder un tel secret ? Je le communique à l'ambassadeur de France. Je suis persuadée que les Français voudront organiser un « contre-enlèvement », peut-être avec l'aide des Druzes, déjà mis à contribution quand, peu après le rapt, on tenta de nous extorquer une rançon. A onze heures, Ali, ponctuel, me rappelle :

« C'est pour demain, mais je ne peux te dire ni l'endroit ni l'heure exacte. »

Je ne ferme pas l'œil de la nuit. Baignée de sueur, je me tourne et me retourne dans mon lit. Ressemble-t-il vraiment à la photo que l'ambassadeur m'a donnée ? Dans quel état vais-je le retrouver ? Je pose les questions et imagine les réponses. Plus encore que la joie, c'est la peur qui me submerge. Je frissonne comme si la mort nous guettait.

Enfin, l'aube de ce 30 août fatidique se lève. Dès l'ouverture, je suis chez Bohsali, le meilleur pâtissier de Beyrouth. J'achète trois kilos de confiseries arabes pour ses geôliers que je veux bien disposer à son égard. Pour lui, je rafle, à la librairie Antoine, *Le Monde* et tous les journaux occidentaux de l'étalage. A l'intention de Jean-Paul Kauffmann, je trouve trois romans de Paul Morand.

Vite, je rentre à la maison. J'habille les filles de leurs robes à smocks roses, les asperge d'eau de cédrat, je me maquille et l'attente commence. Deux heures, trois, quatre... Pas de coup de téléphone. Je passe cent fois devant la glace, en relevant nerveusement mes cheveux ou en changeant ma raie de côté. Je répète à Zaza qu'elle va voir papa. A seize heures, le téléphone sonne enfin.

« Il y a des problèmes. Ça ne va peut-être pas être possible... »

Le ciel me tombe sur la tête.

« Pourquoi ?

– On commémore demain la disparition de l'imam Moussa Sadr. Et tous les responsables chiites y vont... »
Je n'ai que faire du dignitaire religieux libanais disparu il y a dix ans pendant un voyage en Libye ! Ali se laisse émouvoir.

« Cette nuit, on pourrait peut-être...

– Bien sûr ! Cette nuit ! Oui, cette nuit... Tu ne peux pas faire marche arrière, j'ai annoncé à Zaza qu'elle verrait son père.

– Je te rappelle à huit heures. »

Il tient encore parole. A huit heures, fébrile, je décroche au premier tintement. Il parle sur un ton mystérieux.

« Tu es seule ?

– Oui.

– Les filles ?

– Elles dorment.

– Où est ta maison ?

– Derrière le restaurant qui vient de sauter.

– Je serai chez toi dans une demi-heure. »

Je descends faire le guet dans la rue. La nuit est silencieuse, sous une lune blême. L'air est humide. Une voiture blanche descend lentement la rue, rasant le trottoir. Elle s'arrête à ma hauteur, Ali en sort, et elle repart aussitôt. Arrivé dans l'appartement, il extrait un pistolet de sa ceinture et, sans un mot, le cache sous le coussin de l'affreux canapé vert. Impassible, il égrène son chapelet d'ivoire en installant une atmosphère de complot.

« Ali, veux-tu du café ?

– Non.

– Un jus d'abricot, alors ? Un jus d'orange ? » Il accepte, avale une gorgée et s'essuie la bouche du dos de la main. Puis il se carre dans le canapé, parfaitement à l'aise. Je n'ose pas lui poser la question qui me brûle les lèvres. A quoi joue-t-il ? Je le regarde d'un air suppliant.

Enfin, je prends mon courage à deux mains.

« Où vais-je le rencontrer ?

– Il va venir ici. »

Le salon devient flou. Le souffle coupé, je me mets à trembler. Je me lève, me rassieds. Je plonge mon visage entre mes genoux.

« Ce n'est pas possible ? Tu ne te rends pas compte ? »

Je regarde mes mains. Les tendons saillent. Amener chez lui un otage ! Et, aussitôt, l'arracher à sa maison et aux siens pour le rejeter dans sa geôle ! Ali ne répond pas. Il se lève, inspecte l'appartement et appelle au téléphone Imad Moghnié, l'ancien garde du corps du cheikh Fadlallah, celui qui n'avait rien à voir avec les enlèvements. Je l'entends, dans un brouillard, dire : « La paix soit avec vous. Nous sommes prêts... » Je reste immobile, les mains croisées agrippant mes épaules.

Dans le salon, rien ne bouge. Pas un courant d'air. La sonnerie de la porte... Ali se précipite, déverrouille et entrouvre le battant. Son corps me cache les arrivants. Je m'avance. Je le vois. Familier, inconnu...

Il porte la barbe et le tee-shirt orange de la photo. Un jeune homme sans armes marche sur ses talons. Michel respire à grandes goulées. Sa poitrine se dilate comme pour laisser son cœur battre plus fort. Il se jette sur moi, s'assure que je suis bien vivante. Je sais que son plus grave souci, c'est moi. C'est pour cela que je me suis maquillée et faite belle. Il me serre contre lui. Fort, très fort. Puis il fond en larmes. Jamais je ne l'avais vu pleurer. Il me regarde comme s'il me voyait pour la première fois.

« ... La voiture piégée ? J'ai lu dans les journaux...

– Rupa et la petite étaient à la boutique une demi-heure avant.

– Kauffmann voudrait... »

J'ai un geste d'agacement. C'est de lui et non de son compagnon de cellule que j'ai envie de parler. Il s'en aperçoit.

« Mais si, écoute-moi. Ils veulent nous échanger contre Anis Naccache et les autres. »

C'est impossible. Je scrute son visage. L'auteur de l'attentat contre un ancien premier ministre iranien à Paris et les quatre autres terroristes n'ont rien à voir dans cette affaire.

« Mais non, l'échange se fera contre les prisonniers d'Atlit. Tes gardiens te racontent des histoires... »

Il me prend par la main et nous pénétrons sur la pointe des pieds dans la chambre des enfants. Un rai de lumière perce par la porte entrebâillée de la salle de bains. Michel embrasse Laetitia qui dort nue devant la grande baie vitrée. Puis nous passons dans notre chambre car Zaza couche près de moi depuis l'enlèvement. Elle s'éveille, il la prend dans ses bras, l'emmène au salon et s'assied sur le canapé, au-dessus du pistolet dissimulé par Ali. Dès qu'elle voit la barbe du chiite, Zaza se met à pleurer : il faut que j'aille la recoucher. Le lustre de pâte de verre baigne de sa lumière froide et cendrée une étrange scène : le jeune geôlier qui a accompagné Michel engage avec lui et Ali une discussion sur l'islam. Le milicien pérore, debout entre un petit nu de bronze et un tableau où l'indécente Salomé présente la tête de saint Jean-Baptiste. Michel, rassuré, semble discuter de son sujet favori avec deux invités. Et moi, alors ? Je me sens exclue et j'interviens :

« Où est ta Rolex ? »

Il me sourit. Je comprends sans peine. Il faut dévaliser les impies pour financer la guerre sainte. Il me répond par une autre question : « Je n'ai pas vu la voiture en bas. Tu as encore eu un accident ?

– Non, elle est au garage. J'ai oublié l'huile... »

Je me risque :

« Où es-tu détenu ? »

Michel tourne les yeux vers son gardien pour lui demander l'autorisation de répondre. Hussein hoche la tête.

« Les cinquante premiers jours, j'étais à Basta. »

A Basta ! A deux pas d'ici !

« Et maintenant ? »

Nouvelle demande d'autorisation. Nouvelle réponse.

« Tout près de l'aéroport. Quelqu'un est entré dans ma cellule pour me demander le chemin de chez nous. »

Soudain, le gardien nous dit que nous n'avons plus que cinq minutes.

Il vient à peine d'arriver !

Michel passe dans son bureau, aussi tranquille que s'il l'avait quitté la veille. Il me demande la permission d'emporter une petite radio et se choisit quelques livres dont les œuvres d'Ibn Khaldoun.

Sur l'angle de la table, un journal est déplié. Il tombe en arrêt.

« Depuis quand lis-tu *Le Monde* ?

– Regarde, Gilles Kepel a écrit quelque chose sur toi. »

Il prend une profonde inspiration, s'assied dans son fauteuil de bambou, s'approche lentement de la table et lit, la tête dans ses paumes. Je sais presque par cœur le passage sur lequel il s'attarde : *« Cela fait trois mois aujourd'hui que j'ai accompagné le mercredi 22 mai Michel Seurat à Orly... Nous avons bavardé un moment en attendant l'enregistrement de ses bagages ; comme toujours, il était encombré de valises et de sacs mais il n'avait pas pu y faire tenir le gros animal en peluche qu'il rapportait en cadeau à l'aînée de ses petites filles. Telle est la vision que j'ai gardée de lui, un jouet à la main, passant le contrôle du détecteur d'armes. Ce sont d'autres armes, on le sait, qui l'attendaient à son arrivée au Liban. On mesure l'absurdité complète qu'il y avait, pour quelque fraction que ce fût, à enlever précisément cet otage-là... »*

Il lève la tête et me regarde pendant un temps horriblement long. Dans ses yeux, je vois les années d'enfance, celles d'Alep, comme une image tremblante qui surgit au fond d'un puits. Je suis immobile, mon sang bout dans mes veines.

« Fais tout ton possible pour qu'on ne m'oblige pas, après ma libération, à quitter ce pays. J'ai encore beaucoup de choses à faire ici. Mes gardiens et le responsable du groupe sont d'accord pour me faciliter, plus tard, un déplacement dans le sud. Je pourrai finir mon étude sur les intégristes chiites. »

Cette fascination pour les extrémistes !

« Si on ne veut pas que je reste à Beyrouth, j'accepterai même un petit poste à Damas. Il faut que je finisse ce que j'ai commencé... »

Quand il repasse le seuil, mon déchirement se mêle à la certitude que nous nous reverrons bientôt. Je l'accompagne jusqu'en bas de l'immeuble. Il voit le fer forgé tordu.

« La voiture piégée ?

– Oui. »

Paisible, ses livres sous le bras, il monte avec l'autre homme dans une voiture de couleur claire. Comme s'il allait travailler à l'Institut. Debout au milieu de la rue, je le suis des yeux jusqu'au bout. La voiture disparaît dans les ténèbres. Je rentre. Jamais la maison ne m'a paru aussi sombre et aussi silencieuse. On entend seulement une radio dans l'immeuble d'en face. La nuit moite d'août, autour de moi, est compacte comme du goudron.

4 SEPTEMBRE

La nouvelle a filtré. Le « numéro deux » du mouvement Amal, Akef Haidar, a téléphoné à Antenne 2 pour faire le fanfaron. L'information est maintenant publique : l'otage Michel Seurat a rencontré sa femme.

Il faut que je parle. C'est mon premier vrai contact avec les journalistes. Une galaxie se cache derrière ce mot : des êtres sensibles, des parasites de l'information, des truands ? Que vais-je leur dire ? Je passe à l'A.F.P. où Henri me prend par le bras.

« Tout le monde te court après. Disparais, si tu préfères... »

De la maison, Rupa, affolée, me téléphone.

« Madam, Madam, many people, many journalists... Madam, please tell them to stop ! »

Je tente de leur échapper. Mais en allant à l'imprimerie où, pour m'occuper, je veux vérifier une sélection de couleurs, je suis traquée, rue Spears, par une presse en folie. Je mesure soudain l'importance de l'événement. Caméras et micros ont poussé comme des champignons après la pluie. Michel est-il venu à la maison ? Oui... Les questions s'enchaînent. Je dis qu'il est en bonne forme, que nous ne quitterons jamais le pays. Je donne quelques détails. Ils ne me lâchent plus. Quelques heures plus tard, ils me relancent. Jouant les intermédiaires pour une chaîne de télévision américaine, un inconnu assure qu'il me connaît depuis la nuit des temps. Il veut à toute force que je passe sur le balcon pour être filmée sur fond de miliciens armés de lance-roquettes qui guettent sur le toit de la maison d'en face. *« Very good... terrifying. »* Le preneur de son, chiite qui dit avoir des accointances chez les intégristes, me soutient que Michel ne sera pas libéré en même temps que les prisonniers d'Atlit. J'explose et mets l'équipe à la porte, en les traitant tous de sadiques.

Je rencontre le lendemain Ali sur le campus de l'Université américaine. Il confirme que les deux affaires sont liées.

« Quand le libérera-t-on, simultanément ou après les autres ?

– Presque simultanément », répond-il de son air mystérieux.

Je le regarde. Je ne peux que le croire.

10 SEPTEMBRE

Nous y sommes enfin. A dix heures du matin, la radio annonce la libération du dernier prisonnier détenu en Israël. Je me précipite dans un grand magasin. Il faut acheter des pyjamas et des chemises pour Michel. Coiffeur, manucure, pédicure, épilation... Léon l'Arménien, des dessous de soie. Vite, me refaire une garde-robe ! Michel va arriver. Je me sens légère mais, aussi, un peu contrariée. J'ai encore besoin d'une semaine pour terminer les maquettes que j'ai commencées. Et puis il va falloir fermer la maison. L'ambassadeur tient à ce que nous partions pour Paris et que nous y passions quelques semaines.

A la fin de la journée, une fille accrochée à chaque bras, j'enjambe les jouets épars sur la moquette et vais chercher un peu de fraîcheur sur le balcon. Je suis épuisée. Dans la chambre, les valises sont faites. Sur la sienne, j'ai déposé son costume de lin gris. Il va sûrement avoir une syncope en découvrant ce désordre.

Le lendemain, rien... Mes certitudes recommencent à vaciller. Certains prétendent qu'Israël a conservé deux détenus. Akef Haidar soutient que, de toute façon, il n'y a aucun lien entre les libérations décidées par Israël et le sort de Michel. Pourtant, c'est bien ce que son patron, Nabih Berri, a soutenu pendant des mois devant l'ambassadeur de France ! Les secondes, les minutes, les heures... au rythme de l'espoir et des déceptions, le temps me torture et m'exténue.

Vers sept heures, une journaliste de télévision me téléphone. Elle vient dîner et, vers onze heures, me glisse :

« Ça ne te dérangerait pas qu'on fasse un petit truc ? »

Elle insiste tant que je cède. Je me sens lasse et lourde. Le cameraman arrive et me voici filmée, à demi vautrée sur le canapé, cigarette aux lèvres, verre en main au milieu des valises. C'est l'image qu'on aura de moi. Un espoir futile, une attente dérisoire.

Ce que peut signifier la politique dans notre vie de tous les jours, je crois l'avoir senti pour la première fois en 1958, à Alep. La Syrie et l'Égypte avaient constitué la République arabe unie présidée par Nasser. Pour nous, chrétiens, ce n'était pas de bon augure. Chaque fois que le Raïs du Caire rendait visite à sa capitale du nord, tous les écoliers devaient venir faire la haie, petit drapeau au poing, le long de la route qui va de l'aéroport au palais des Hôtes.

Pendant des heures, tantôt sous une petite pluie opaque, tantôt sous un soleil de plomb, nous attendions le grand homme, debout et en silence. Devant nos camarades musulmanes, nous n'osions pas nous plaindre : on aurait accusé les chrétiens de saboter l'Union ! A chaque visite de Nasser, il fallait, en signe d'hospitalité, étaler tous les tapis aux balcons, transformant ainsi la ville en exposition persane.

Nous sentions monter sourdement l'angoisse de nos parents. Les nationalisations et réformes agraires venaient de commencer. En 1961, le coup d'État mené par Nazem el Koudsi, un ami de la famille, nous procura quelque répit. Mais, au printemps de 1963, le parti Baas, ennemi de la libre entreprise, s'emparait du pouvoir.

La famille Mamarbachi, moins prévoyante que d'autres, n'avait pas mis de capitaux à l'abri. Tout était investi dans le pays. Tout fut nationalisé. Et maman commença à crier misère.

En juillet 1965, il nous fallut partir. Lorsque nous arrivâmes à Beyrouth, pour la première fois dans un appartement loué, j'ai été prise de suffocation. Assise sur le sol, je sentais mon regard prisonnier des barreaux du balcon. Je me demandais qui nous étions, où nous conduisait la saga familiale.

J'avais seize ans en 1965 et terminais mes études secondaires, dans un couvent de la banlieue chic de Londres, où nous avions le choix entre la messe matinale et le hockey sur glace. J'étais une des rares étrangères inscrites dans ce pensionnat où l'on nous faisait porter des canotiers en plein février.

Puis maman jugea bon de m'inscrire dans une « finishing school » du West End, où l'on apprend aux jeunes filles à effectuer leur « entrée dans le monde ».

Au 91 Queen's Gate, on m'enseigna ainsi à pénétrer dans une pièce et à refermer la porte derrière moi, à confectionner une « lemon meringue pie » et à chercher un mari.

En 1967, lorsque éclata la guerre de Six-Jours, je suis retournée à Beyrouth en catastrophe. Le peuple était dans la rue avec ses pancartes et ses banderoles. Je n'ai pas compris pourquoi. Israël ? Pour nous, le mot ne se rencontrait que dans l'histoire sainte, les cantiques de Noël. C'est à la semaine sainte que les franciscaines organisaient un pèlerinage à Jérusalem. Et « al oudwan al israeli » – « l'agression israélienne » – n'était que la formule rituelle des années 50 qui, dans le « communiqué numéro un » suivant les innombrables coups d'État, désignait un fantôme à notre vindicte.

A la fin de l'été 1971, mes études terminées, je suis revenue à Beyrouth. Ma mère voulait me faire épouser un riche négociant en coton d'Alexandrette et répétait, ironique, après chacun de mes refus : *« Le héron au long bec emmanché d'un long cou. »* J'ai décidé très vite de repartir. Maman refusant de financer de nouveaux voyages, j'ai travaillé dans une agence de publicité et économisé le prix de mon billet d'avion pour New York, plus cent dollars. J'ai débarqué, un beau dimanche, chez Eddy. Fils d'un notable palestinien de Jérusalem, il étudiait l'ethnologie à Columbia. Restait à gagner ma vie. Dans les petites annonces du *New York Times,* je trouvai un travail de maquettiste.

New York m'enchantait. Nous vivions dans un studio minuscule avec nos deux chats, Harold et Ninety-Nine. Eddy faisait la vaisselle en jouant de l'harmonica. Chaque jour, je prenais le métro pour la Trente-huitième rue. Au bout de six semaines, quand mon visa de tourisme expira, Eddy proposa de m'épouser. Le 11 mars 1971, nous nous sommes mariés, à l'heure du déjeuner, à City Hall. Eddy avait oublié de se munir d'une cravate : il dut emprunter celle du fiancé qui faisait la queue derrière nous. Pour son argent de poche, il était serveur au *Chock-full-o-Nuts* du coin. J'y prenais souvent des petits déjeuners gratuits. Le samedi, il travaillait chez *Macy's*, comme démonstrateur au rayon des jouets. Pour montrer le fonctionnement des tubes fluorescents lancés ce printemps-là, il portait une veste longue à grosses rayures blanches et rouges et un nœud papillon géant. Il ressemblait à un personnage de Norman Rockwell.

Quand nous sommes rentrés à Beyrouth, quelques mois plus tard, mon mariage y avait provoqué le plus beau scandale qu'eût connu notre milieu. Être allée épouser un Palestinien et, qui plus est, musulman ! Pour maman, c'était le comble de la déchéance.

Pendant plusieurs mois, elle ne m'adressa plus la parole.

Il est vrai que j'avais tout fait pour lui déplaire. Aux côtés d'Eddy, je militais pour la cause palestinienne. Lorsqu'en avril 1973 un commando venu d'Israël débarqua sur une plage de Beyrouth et vint assassiner trois dirigeants palestiniens à leur domicile de la rue de Verdun, je participai aux côtés de mon mari, « avec les intellectuels et le peuple », à la manifestation de protestation. Mes proches n'étaient pas seuls à trouver ce zèle contre nature ; Eddy, pourvu d'un passeport américain et flanqué d'une rouquine, parut plus que suspect ! Nous fûmes embarqués, accusés d'espionnage et il fallut l'intervention d'un autre notable de Jérusalem pour nous faire relâcher. Un peu plus tard, lorsque l'armée libanaise s'opposa aux fedayins, je fis usage de la carte de presse qui me donnait libre accès aux camps palestiniens. Pour le compte d'une organisation humanitaire, je faisais la navette entre Beyrouth-Ouest et les camps, à bord de ma 4 L chargée de médicaments et de vivres, sans trop me soucier des roquettes qui tombaient dru. Il a fallu plusieurs années de guerre pour que se refroidisse ma ferveur pour « la cause ». Et beaucoup d'épreuves et de désillusions...

Je ne savais rien ou presque de la Syrie, le pays où je suis née et dont j'ai toujours la citoyenneté. Je l'ai découverte à partir de 1976, quand j'y ai rejoint Michel. Nous habitions un quartier petit-bourgeois où l'on entendait, certaines nuits, le martèlement obsédant du zikr, les séances d'incantation à Allah, et les hurlements montant du sous-sol d'une imprimerie toute proche où les services de renseignements, les fameux moukhabarat, avaient installé un centre de torture. Michel était englouti dans son travail. Il m'avait dit qu'il ne voulait pas de femme dans sa vie. Je me faisais toute petite et osais à peine ouvrir un robinet, de peur de déranger le chercheur dans son sanctuaire. Un jour, il est revenu d'une promenade avec un chat couleur abricot. Pendant huit ans, l'animal eut droit à toutes les marques de sa tendresse. Je le considérais quant à moi comme un usurpateur et j'ai failli le tuer à plusieurs reprises...

Vers la Noël 1976, je n'y tenais plus. J'avais l'impression d'être en exil dans mon propre pays. J'ai parlé de retourner à New York. Quand Michel m'a proposé d'aller explorer les fonds de la mer Rouge à Akaba, en Jordanie, j'ai compris que je n'étais plus seulement tolérée. J'étais enfin reconnue et légitime.

Michel jugea qu'il n'était pas trop tard pour me faire connaître mon propre pays. Damas en premier. Alep et les petites écoles coraniques perdues dans la banlieue, les noirs basaltes du Hauran et la fraîcheur des nuits d'octobre... En été, nous avons acheté à Londres une BMW noire, pour rentrer par la route. La traversée de l'Europe en moto dura cinq jours. A Florence, il me comparait aux madones de Crivelli. Nous sommes passés du faste vénitien du *Danieli* aux bouges de l'Anatolie où, à quatre heures du matin, nous étions réveillés par les crachats des camionneurs turcs. Je me souviens d'une nuit à la douceur biblique, près de Mardine, où l'angoisse m'a submergée. Marie, la mère de mon père, avait fui cette région au début du siècle, lors des massacres de chrétiens. J'ai suffoqué et sangloté pendant près de deux heures, sous le ciel étoilé qui avait vu ces horreurs.

Notre arrivée à Damas fut toute douceur et bonheur. Cette année-là, Michel quitta la pièce du bas et s'installa en haut. Un matin, nous entendîmes des coups de feu. Trois Palestiniens avaient pris d'assaut l'hôtel *Sémiramis* où beaucoup de Libanais passaient la nuit en transit, l'aéroport de Beyrouth étant fermé. Le lendemain, Michel rentra de l'Institut blême comme un linceul. Il venait de passer devant la potence où pendaient les trois membres du commando.

C'est ce jour-là qu'il décida d'abandonner l'agrégation d'arabe et son programme littéraire et historique pour la sociologie politique. Taha Hussein et le soufisme ne l'intéressaient plus. Mais ce changement de cap lui valut des critiques de la part de la direction de l'Institut. Comment pouvait-on étudier la société syrienne contemporaine ? Il n'y avait même pas d'archives, de documents !

Pour moi, ces nouveaux thèmes d'études revenaient à me familiariser, chaque jour davantage, avec l'islam, la religion que la bonne société chrétienne d'Alep m'avait interdit d'approcher. J'allais souvent à la mosquée des Omeyyades voir vivre les musulmans. Des enfants couraient en riant, des femmes en noir papotaient sur leurs belles-mères ou leurs maris. Un peu à droite du mausolée de saint Jean-Baptiste, sur une estrade, un homme entouré de croyants récitait des sourates. Dans la cour, assise à l'ombre d'un minaret sous un ciel cru, je regardais les cheikhs sunnites aveugles tâtonnant de la canne en quête d'Allah. Je rêvais en contemplant la mosaïque byzantine de la mosquée.

Je menais une vie solitaire. Les intellectuels syriens que fréquentait Michel ne m'adressaient pas la parole. A leurs yeux, j'étais une Mamarbachi, une fleur du capitalisme et du féodalisme révolus. Quant aux étrangers, je détestais le style « attaché culturel et arabisant » : j'avais l'impression que ces gens-là, connaissant mon pays mieux que moi, me volaient mon histoire. Quand la solitude me pesait, j'allais me perdre dans le désordre de la ville arabe, dans son tumulte de cris, de sonnettes de vélos et de jeux d'enfants. Je travaillais un peu et je réalisais une plaquette pour une chaîne d'hôtels.

Le dimanche, nous allions faire des achats pour toute la semaine à Marjé. D'innombrables colliers de fèves, de menthe et de cornes grecques suspendus pour le séchage me rappelaient le nord de la Syrie, seule partie du pays qui fût vraiment mienne. Nous avons visité Maaloula, le village où l'on parle encore l'araméen, langue du Christ. La chaux bleuâtre des maisons nous séchait la gorge et nous ruisselions de sueur. En automne, nous allions à Alep nous approvisionner en confiture de griottes, en fromage tressé et en écharpes de soie que, l'hiver, Michel nouait autour de son cou musclé.

Parfois, il me parlait politique. Un jour, je fus heureuse de lui entendre dire que les nationalisations avaient appauvri le pays, l'État ayant distribué nos terres aux paysans sans leur donner les moyens de les cultiver. De temps à autre, il me consacrait un après-midi. Nous allions ensemble choisir des tapis ou des cuivres au souk Hamidié. Il enfermait nos lévriers dans une caisse en bois fixée sur sa moto et les emmenait courir sur une petite route déserte de la banlieue de Damas.

Michel allait chaque matin à l'Institut où on l'avait chargé du dépouillement de la presse syrienne. Il était intégré – sans l'être – à une équipe où ses travaux, ne portant pas sur du « concret », éveillaient des soupçons de paresse. Il n'accordait guère d'importance à ce que l'on pensait ou disait de lui. Souvent, après son départ, je traversais le couloir et passais chez Hadji, notre propriétaire. Il tenait une petite boutique poussiéreuse où il vendait des épingles et des barrettes à cheveux que personne ne voulait lui acheter et où, accessoirement, il stockait son gazole. J'allégeais un peu sa lourde solitude. Il me racontait avec nostalgie l'épopée de l'armée ottomane et Damas sous le Mandat français. Et il éclatait à tout propos :

« Ah, ces alaouites ! Ils se sont emparés de notre pays. Pourtant, c'est à nous autres, sunnites, qu'il appartient ! »

Un jour, en prenant congé, je lui tendis la main. Il replia le bras derrière son dos pour ne pas la toucher. Il m'a fallu attendre les explications de Michel pour apprendre, à trente ans, qu'en terre d'islam on se souille au contact d'une main féminine.

Quand Michel rentrait de l'Institut, j'entendais battre la porte métallique et décroître le ronronnement de la moto. Puis la béquille claquait et un pas lent foulait la céramique italienne que prisait tant la nouvelle bourgeoisie de Syrie. Il était une heure et demie.

Souvent, il n'y avait rien pour le déjeuner. La mère de Michel, ne pouvant soupçonner que son fils prendrait pour épouse une grande bourgeoise fainéante, l'avait gratifié d'une Cocotte-Minute. Entre deux développements sur l'élite dirigeante syrienne, Michel tentait de me convaincre d'utiliser cet ustensile ; je refusais de le faire, n'en ayant jamais vu de semblable dans notre cuisine d'Alep. Plus tard, il a fallu l'arrivée de mes deux filles pour que je me résigne à user d'une machine à laver. Là-bas, nous avions Manjé, la « femme de lessive » kurde à la peau laiteuse et à la tresse rousse qui avait fui, en 1930, le massacre des siens en Anatolie. Elle lavait et amidonnait les draps et nappes que brodaient les orphelines des sœurs franciscaines.

Les soirs d'hiver, incapable d'aller me coucher la première tant je craignais la montée de l'angoisse (depuis mon enfance, j'aborde le sommeil avec une sombre tristesse), je m'allongeais près de Michel sur le sofa recouvert d'un soumak. Yoyo, le chat abricot, s'alanguissait sous les longues caresses de son maître. Avant de m'assoupir, j'épiais Michel tandis qu'il remplissait les feuilles blanches de son écriture illisible et menue, usant du crayon et de la gomme avec l'application d'un écolier, un bout de langue au coin des lèvres. Vers trois heures du matin, il me transportait jusqu'au lit sans même me réveiller. Au petit déjeuner, ma première question était toujours la même ; « Combien de pages as-tu écrites ? » Chaque matin, il m'expliquait que son travail ne se mesurait pas de cette façon.

Une fois par mois, nous allions à Beyrouth respirer l'air vivifiant de l'anarchie. Comparé à celui, pesant, de la Syrie, il avait goût de liberté. Maman ne supportait plus de nous voir vivre « dans le péché ». Elle invita un jour Michel à déjeuner. Elle m'avoua le soir même qu'elle avait apprécié sa façon de se tenir à table mais ajouta :

« Tu ne vas tout de même pas épouser un instituteur ? »

Ces trois premières années à Damas passèrent, aussi furtives qu'un battement de cœur.

Nous nous sommes installés à Beyrouth le 1er octobre 1978. Je suivais au volant de mon Alfetta bleue la camionnette de déménagement où Michel avait pris place avec un chauffeur et un portefaix. Les deux hommes étaient syriens et s'étaient battus sur le Golan.

L'un, ancien pilote de char, était devenu sourd et muet. L'autre se vantait de posséder encore une vaste collection d'oreilles israéliennes. Moi aussi, j'avais un curieux équipage : le chat Yoyo, deux gigantesques haut-parleurs de chaîne stéréo et un certain Russell Harris, juif anglais qui voulait à toute force faire profiter les instituts de recherches palestiniens de sa science hébraïque. Pour contourner les zones de combat, nous avons dû traverser la montagne druze du Chouf sous une lune que faisaient pâlir les explosions illuminant le ciel. Depuis plus d'une semaine, l'armée syrienne bombardait les quartiers chrétiens de Beyrouth, rebelles à son autorité. J'ai vite perdu de vue la camionnette et suis arrivée à la maison où, au bout de quelques heures, l'absence de

Michel m'a plongée dans l'angoisse. Assise sur la moquette verte, j'ai fait ce soir-là mon apprentissage, j'ai gravi la première marche de l'escalier vers l'horreur. Maman, vers minuit, vêtue de noir comme la destinée, est venue m'annoncer qu'il était détenu par la milice chrétienne du Parti national libéral de Camille Chamoun. A trois heures du matin, flanqué de ses deux compagnons de voyage, il est enfin apparu. Et nous a expliqué qu'il s'était trompé de route. L'arrivée en secteur chrétien, sous les bombardements syriens, d'une camionnette immatriculée à Damas avait fait sensation. On avait voulu fusiller les trois passagers séance tenante. Comme les miliciens ne parlaient pas français, Michel avait tenté en arabe de les convaincre de son innocence. Avec son plus bel accent syrien ! Renonçant tout de même à les coller au mur, les chrétiens les avaient renvoyés vers les lignes syriennes où ils avaient été accueillis comme des espions. Nouvelles menaces, interrogatoire de plusieurs heures. C'est ainsi qu'on voyage au Liban !

Suivirent des mois de liberté, de joie et de folie. Je me réveillais, dans l'aube dorée, pour prendre la route délabrée de la banlieue sud. Il fallait convaincre Bourak, ma monture qui portait le nom de la jument de Mahomet au visage de femme, de ne pas me jouer la comédie. Je savais qu'elle feignait d'avoir un rhumatisme à l'épaule gauche et elle y croyait aussi peu que moi. Le manège était entouré de murs où s'étalaient des graffitis parfois pleins de fantaisie. Je me souviens, entre autres, des « Forces suicidaires de Socrate »... Le Liban savait mêler sagesse et autodestruction. Après une heure de travail, je lâchais la bride à Bourak sur le sable humide. Les deux sloughis suivaient notre galop. Le long de la mer, des chasseurs désœuvrés tiraient parfois sur des mouettes.

A neuf heures, de retour à la maison, je réveillais Michel en lui apportant un pantagruélique petit déjeuner au lit. Il ne commençait à travailler qu'à la tombée de la nuit. Ses journées étaient happées par mon tourbillon et les mille exigences du chaos beyrouthin. A chaque flambée de violence, il déménageait la bibliothèque du CERMOC, situé dans le *no man's land*, pour la mettre à l'abri des obus dans les sous-sols humides de l'hôtel *Carlton*. Pendant une semaine, il dut affronter en d'interminables palabres les miliciens du quartier qui tentaient, l'arme au poing, de squattériser mon studio d'artiste. C'est là que j'ai passé des heures à dessiner un logo destiné au port des Druzes au moment même où Walid Joumblatt, leur chef, demandait à cor et à cri la fermeture des « ports illégaux », c'est-à-dire de ceux des autres factions... Ma mère et ma tante Alexandra venaient parfois nous rendre visite bien qu'elles fussent troublées par l'illégitimité du couple que nous formions.

Dans ces jours heureux, il y eut aussi un été – était-ce la même année ? – pendant lequel Michel décida soudain de pêcher le mérou sur la côte sud de la Turquie. Nous avons embarqué notre Zodiac en fret avion jusqu'à Rhodes et, de là, nous avons pris la mer. Michel, qui considérait le canot pneumatique comme un vrai bateau, a affronté la Méditerranée avec la tranquille inconscience du danger qu'il montrait souvent, sans papiers de bord ni boussole, gilets de sauvetage ou réserve d'essence. La nuit tombait, violette, quand, par miracle, nous avons accosté dans une crique infestée de scorpions. Le lendemain, autre crique, cette fois peuplée d'abeilles. « Je te promets que la troisième sera la bonne... » Elle le fut : un hameau d'une dizaine de maisons bordait ces eaux limpides où l'on découvrit des amphores romaines.

Nous avons beaucoup voyagé ensemble. D'un pays à l'autre, autour de la Méditerranée, à la poursuite d'un mirage. Nous avions envie de nous installer partout où un olivier ou un figuier jetaient leur ombre.

C'est cet été-là, sur la corniche de Marmaris, qu'il me parla pour la première fois de son enfance en Tunisie. Les parachutistes français tirant sur les Arabes à Bizerte, son serment d'être toujours du côté des opprimés, le retour en France, mai 68 et la découverte de la cause palestinienne.

Et ce jour où, en tailleur jaune et chapeau de paille, un bouquet de marguerites géantes à la main, je me suis assise derrière lui sur la scintillante « Béhemme » noire quand nous sommes allés nous marier chez les capucins... Ce fut le plus beau jour de la vie de maman : le 11 juin 1979, à Beyrouth.

14 SEPTEMBRE 1985

Dans dix jours, les chiites vont célébrer l'Achoura, commémorant cette bataille de Karbala qui vit la défaite et le martyre de l'imam Hussein, petit-fils du Prophète et détenteur de la légitimité à leurs yeux. Michel et Jean-Paul Kauffmann pourraient être libérés avant cette date. Malgré moi, j'attends. Étrange attente... Une image s'est imprimée sur ma rétine dans cette nuit atroce et heureuse où il est revenu. Et, au fil des jours, l'image pâlit et se brouille.

Par malheur pour nous, les relations entre le mouvement Amal et le Hezbollah, qui détient les otages, se sont dégradées ces derniers temps. Les intégristes du parti de Dieu sont las de voir que Nabih Berri tire avantage, comme dans l'affaire de la TWA, de la libération de leurs prisonniers. Pour rendre les deux Français, ils exigent des concessions et, d'abord, une plus grande liberté d'action au Sud-Liban, fief d'Amal, afin de « libérer la Palestine ». Cette rivalité entre chiites occupe ma pensée puisque le destin de Michel en dépend.

Traditionnellement, c'est dans le sud, à Nabatyeh, que les flagellants de Hussein et d'Ali déchaînent chaque année leur ferveur sauvage. Pour la première fois, ils vont le faire aussi dans la banlieue sud de Beyrouth, à Bir-Abed.

Je veux voir. Je veux approcher la frénésie des geôliers de Michel, m'imprégner de leur folie. Je veux que, sur leur islam morbide et noir, mes cheveux roux jettent leur tache sacrilège. A peine arrivée, cernée d'une foule en ébullition, je suis parquée dans l'enclos des femmes derrière un rideau fatigué. Ici, même les bébés sont en tchador. Ils hurlent d'énervement et le khôl leur brûle les yeux. On me prend pour une journaliste européenne.

La tornade s'avance et soudain l'air me manque. C'est la lente asphyxie des sables mouvants. J'éclate en sanglots, au milieu de ces femmes stupéfaites qui sentent mauvais et m'offrent, pour me calmer, des loukoums couleur de phosphore. Je vois Michel dans les milliers de portraits de martyrs affichés sur les murs de la cité poubelle, dans le regard des enfants, terroristes en herbe. Des militants ensanglantés jaillissent de la foule en ébullition et se heurtent aux grilles closes de la mosquée d'Ali. Cheikh Fadlallah a prétendu interdire cette année la flagellation. Quelques hommes vêtus de tuniques noires, sabres de carton doré à la ceinture, s'effondrent sur l'asphalte. Des ambulances hurlent. Du haut de ses gigantesques portraits, Khomeyni contemple ses partisans en délire.

Un photographe de presse vient me chercher dans mon enclos. Il a filmé les flagellants et sa chemise est tachée de sang. Nous remontons en courant le cortège jusqu'au premier rang. Des cheikhs et des mollahs, petits barbus noirauds, bras dessus, bras dessous, ouvrent la marche au rythme d'une musique lancinante et funèbre. A l'extrême gauche, un grand escogriffe roux vêtu de blanc tranche sur le lot. Je marche à sa hauteur pendant quelques minutes et il me dévisage, comme s'il me défiait de ses yeux bleus hallucinés. On me dira le soir même qu'il s'agissait de Zouheir Kenj et qu'il y a de bonnes raisons de voir en lui le geôlier de Michel. Car ils sont tous au rendez-vous des preneurs d'otages ! Le jeune homme en jeans et baskets dont le photographe me dit le nom après avoir parlé un instant avec lui, c'est Imad Moghnié, le chef du commando des ravisseurs ! Une folle colère me prend, j'ai envie de hurler, de courir après lui, de l'agripper, d'exiger qu'il me rende mon mari. Mon compagnon m'en empêche de justesse.

Pour moi, l'islam, ce n'est pas ce ramassis d'exaltés et

de criminels. C'est la grande mosquée d'Alep, les battements d'ailes des pigeons autour des bassins, le chant du muezzin qui donnait sa lumière aux aurores de ma vieille ville. Cet autre islam, militant et sanguinaire, qui a fasciné Michel au cours des trois dernières années de sa vie, je le rejette de toute la force de mon instinct.

25 SEPTEMBRE 1985

Avec une amie journaliste, Patricia Coste, nous déjeunons aujourd'hui à la table de l'ambassadeur, à la chancellerie de la rue Clemenceau. Au bout du magnifique parc de l'ancien hôpital psychiatrique construit par les Allemands au début du siècle, le grand bâtiment me rappelle l'hôtel *Baron* d'Alep, décadent et décrépi. C'est une bien étrange invitation ! L'ambassade n'ayant personne pour livrer le repas à sa chancellerie, les invités se chargent de tout. J'ai fait préparer deux mets de mon enfance, de la « kebbé labanieh », boulettes d'agneau cuites dans du yaourt, et des « chawki stambouli », artichauts à la manière d'Istanbul. Pour rehausser tout ce blanc d'un peu d'orange, j'ai pris au passage, chez *Ajami*, un sorbet à la mangue.

« Vous êtes bien attendue à une heure et demie », me dit l'un des gardes qui contrôlent l'accès au bâtiment.

Mais l'ambassadeur n'est pas là... Il est encore avec les journalistes. D'autorité, Patricia et moi fourrons nos casseroles dans les mains des deux hommes. Il faut les voir, pistolet à la ceinture, transporter les lourds récipients en se plaignant de leur poids ! A la cuisine, le four ne marche pas, les assiettes à soupe indispensables pour la kebbé sont introuvables, on est à court de cuillères, de glaçons... Mais un Nestor sorti tout droit d'un album de Tintin, en nœud papillon et queue de pie, assure le service.

Enfin l'ambassadeur arrive, accompagné de son principal collaborateur, Marcel Laugel, le visage souriant et l'intelligence levantine. On se met à table. Des éclats de plâtre tombent du plafond et je remarque les murs criblés d'impacts. La salle à manger est dans l'axe de tir du *Holiday Inn* ! Il fait terriblement lourd. Un chat de gouttière noir et blanc, surgi de Dieu sait où, grimpe sur une desserte et se met à miauler. Personne ne songe à le chasser. Le premier conseiller parle otages et cuisine d'Alep, indifféremment. L'ambassadeur a des nostalgies libyennes, ayant été en poste à Tripoli. Et le chat miaule de plus en plus fort !

Au café, la conversation se fait un peu plus précise. Cinq mois après l'enlèvement, il est à nouveau question des chances que peut offrir le calendrier chiite... Mais les libérations des prisonniers d'Atlit ont eu lieu, l'Achoura est derrière nous, et toujours rien !

Après le déjeuner, je passe à l'A.F.P. où l'on me tient mot pour mot le langage de l'ambassadeur. Cela n'a rien d'étonnant : le diplomate s'était renseigné auprès des journalistes.

Le seul lien que j'aie avec Michel, c'est Ali. Il vient souvent à la maison, s'installe à son aise à l'ombre des hibiscus ou sous les grappes violettes de notre vigne. Nous parlons du sud du Liban, de l'islam. Quand je maudis Khomeyni, il me regarde avec un sourire tendre. Je fascine ce barbu d'Allah que son vocabulaire limité n'empêche pas de me tenir de longs discours didactiques. Avant ces visites, il n'avait jamais écouté Mozart. Il découvre avec moi que le monde est vaste.

Cette année-là, un étrange été semblait ne pas vouloir finir.

Vient alors le rapt de quatre Soviétiques. Très vite, un groupuscule d'intégristes revendique l'enlèvement en exigeant « l'arrêt des campagnes athées contre la ville sainte de Tripoli ». C'est une façon de punir la Syrie, alliée de l'U.R.S.S., dont les canons ont bombardé la cité pendant plus d'un mois. Seconde ville du Liban, Tripoli est le terrain favori du travail sociologique de Michel, surtout depuis 1981. Ses prises de position antisyriennes l'ont fait bien accepter dans le bastion intégriste et il a lié avec Khalil Accaoui, responsable du M.U.I. (Mouvement de l'unification islamique) une amitié sincère. A son dernier retour de Tripoli, il m'a même avoué qu'il voulait se remettre au Coran, négligé depuis Langues O. Il avait besoin de se retremper aux sources de l'islam. J'ai fini, non sans protestations, par accepter qu'un cheikh passe ma porte pour lui donner, chaque semaine, quatre heures d'enseignement. Mais à mes conditions : que ce professeur fût sunnite et aveugle ; il me fallait un personnage poétique comme à Damas. Les leçons devaient commencer après le retour du Maroc.

Un matin, le temps change brusquement et se fait étouffant. On retrouve le corps de l'un des Soviétiques enlevés, sur un terrain vague proche de la cité sportive. Je m'affole. Ali me rassure.

« Tu n'as rien à craindre. Michel est le dernier à qui

cela pourrait arriver. Imad Moghnié et les autres savent qu'il est proche d'Accaoui. »

Quelques semaines plus tard, les Soviétiques ayant commandité l'assassinat du frère du principal ravisseur et – dit-on – expédié quelques morceaux du défunt à qui de droit, les trois otages survivants leur sont restitués. Pourquoi les démocraties ne peuvent-elles recourir à de tels procédés ?

Ce temps des otages, nous l'avons vu s'annoncer dès la fin de 1983, avec les premiers signes de l'invasion de Beyrouth par l'intégrisme. D'abord, la transformation des trottoirs en stands d'exposition de plateaux *made in Taiwan* à l'effigie de Khomeyni. Puis celle des marchands de quatre saisons en vendeurs de corans. Dans les embouteillages, les silhouettes noires se faisaient de plus en plus fréquentes. Du temps d'Alep, elles s'intégraient au paysage mais, ici, je les ressentais comme une provocation. L'insécurité progressait à pas de géants. L'assassinat de Malcolm Kerr, président de l'université américaine de Beyrouth, que j'appris par la radio, clouée sur mon lit par les nausées de ma seconde grossesse, me fit l'effet d'un coup de poignard. Michel avait discuté longuement, quelques mois plus tôt, avec cet islamologue, grand ami du monde arabe, lors d'un congrès d'orientalistes aux États-Unis. Puis ce fut l'attentat contre l'épouse du directeur du Centre culturel français, Éliane Dechico, qui par chance s'en tira, la balle lui ayant seulement traversé la joue droite avant de resurgir de la gauche sans oublier le miracle qui sauva un fonctionnaire de l'ambassade, protégé par les stylos qu'il portait à la hauteur du cœur, dans la poche de son veston...

Le drame à venir s'annonçait de mille manières. Un soir, nous étions chez des amis qui habitaient au-dessus d'un magasin d'électroménager appartenant à un chrétien. Faute de trouver sur place de quoi dîner, Michel voulut à tout prix sortir acheter quelque chose dans ce quartier obscur où rôdaient les militants intégristes. Il venait de rentrer quand une folle explosion nous cribla de débris de verre, transformant le salon en l'une de ces photos d'appartements dévastés qui remplissaient la presse mondiale et nous semblaient bien anodines. Le magasin au-dessous de nous avait sauté.

Un jour de violents échanges de tirs entre l'est et l'ouest, quatre obus frappèrent le parking, devant notre maison. Après la première explosion, de nombreux habitants du quartier s'étaient précipités pour tenter de sauver leurs voitures. La seconde salve les massacra. Quarante jours plus tard, selon l'usage, une vingtaine de cheikhs vêtus de blanc sont venus pour la cérémonie de commémoration et se sont installés sur le parking où l'on voyait encore les taches noires des incendies. Des chaises d'osier, louées pour l'occasion, avaient été disposées en croissant. Les haut-parleurs hurlaient à la limite de la saturation. Les cheikhs jouaient de la tabla. De notre balcon dominant la scène, Zaza tentait de voir.

« Qu'est-ce que c'est ? demandait-elle à son père.

– La fête, Zoulfette, c'est la fête ! »

Notre vie, sans cesse, nous affrontait à la mort. Même pour la naissance de Laetitia, le 24 août 1984. Cela se passait à Beyrouth-Est. Michel était debout près de moi pendant le travail, vêtu de bleu marine – le bleu marine lui allait à merveille et son regard scintillait d'émotion – il n'avait jamais été aussi beau. Il me caressait la main quand la porte s'ouvrit. Un petit bout de femme, ma gynécologue, fit irruption dans la salle, vérifia le rythme des contractions et l'ouverture du col puis se tourna vers lui.

« Il faut que vous quittiez l'ouest. Les intégristes finiront par vous avoir ! » Michel ne répondit pas. Elle insista.

« Il faut passer à l'est le plus vite possible. Vous avez une femme et deux enfants. Vous n'avez plus le droit de prendre autant de risques... »

Il la désarma de son éternel sourire innocent et Laetitia poussa son premier cri en plein milieu de cette prédiction macabre.

Nous l'avons ramenée à la maison dans un petit panier d'osier par un dimanche doux et bleu de fin d'été. Michel écrivait à longueur de journée. Notre bonheur devait durer toujours. Tous les matins, pour aller à l'Institut, il traversait à vélo le quartier intégriste de Basta. Un jour, en longeant les murs épais de la permanence du Hezbollah, il remarqua qu'on venait de les garnir de barbelés. En rentrant, il me dit :

« Cela ressemble maintenant à une prison. Je me demande bien pourquoi... »

Sa future prison...

JEUDI 22 NOVEMBRE 1985

Ce matin, les Druzes ont refusé de célébrer la fête de l'Indépendance et ont retiré les drapeaux libanais que les chiites avaient hissés sur les bâtiments officiels. Les affrontements reprennent. En début d'après-midi, je vais au rendez-vous que m'a fixé, au siège de l'Associated Press, Terry Waite, envoyé spécial de l'Église anglicane, chargé de négocier la libération des otages américains. Ce géant barbu et placide me dit tout ignorer du sort des Français. Les explosions deviennent de plus en plus fortes. Nous sommes bloqués dans l'hôtel *Commodore* quand deux femmes en noir font irruption dans le hall en hurlant :

« Mon mari !... Mon frère ! »

Dans le caniveau, un corps gît devant une voiture orange criblée de balles. L'une des femmes se frappe la tête contre le mur.

Je ne sais pas où sont mes filles et j'ai très peur pour elles. Rupa flâne souvent avec Laetitia dans la rue ou au jardin public. Zaza devrait être au Collège protestant, dans un quartier durement bombardé. Après vingt minutes d'efforts, je parviens enfin à joindre maman au téléphone. Elle me rassure. Tout le monde est chez elle. Les enfants dormiront dans la salle de bains. D'heure en heure, je m'enlise comme une abeille dans un piège à miel, je m'englue dans l'attente. Je joue au poker avec quelques journalistes. Puis nous exigeons l'ouverture du casino appartenant à un parent de l'ancien président de la République. Vers deux heures du matin, je vais me coucher dans une chambre du cinquième étage de l'hôtel. A mon réveil, la bataille fait rage. Les miliciens druzes ont envahi le jardin et le hall, chassant devant eux la faune journalistique. Du fond de la piscine à sec, ils tirent sur les étages élevés tenus par les chiites. Peu à peu, la tension décroît avec le soleil. Nous rasons les murs pour quitter le quartier. Les rues sont désertes et hostiles. Dans les maisons, on voit trembloter la lueur verte des lampes à gaz.

Quand nous arrivons enfin chez nous, la rue Zarif offre un spectacle désolant et désormais familier : voitures calcinées, vitres brisées, planchers éventrés, petits groupes d'hommes discutant sur les trottoirs des pertes et profits. Ma Fiat est toujours là, intacte. Je décide d'emmener les filles prendre l'air dans les jardins de l'Université américaine. Mais une fusillade éclate. La colère me fait perdre la conscience du danger. Embarquant mon petit monde dans la voiture, je démarre tandis que les balles sifflent au-dessus de nos têtes.

Hussein est un grand sportif. Professeur de gymnastique dans la banlieue sud, il gagne difficilement sa vie. Un ami me l'a recommandé pour un stage de dessinateur. Un après-midi de novembre aux brusques averses, nous allons au studio ensemble pour illustrer une publication économique. Il me regarde du coin de l'œil et, me sentant énervée, me dit :

« Mais qu'as-tu donc ? Il y a du nouveau ?

– Non, mais il y a des choses qui m'exaspèrent. Maintenant ce sont les scouts français qui se mêlent de libérer les otages. Leur grand chef, un certain Paperon, est à Beyrouth. Il a rendu visite aux scouts musulmans...

– Les scouts musulmans ? Je connais bien leur responsable. Lui aussi est prof de gym. C'est l'oncle de Zouheir Kenj, le cheikh que tu as rencontré à l'Achoura, dont tu dis qu'il a le regard bleu fou...

– Pourrais-tu me conduire à lui ? »

Le lendemain, le crépuscule est bref et le ciel opaque. Une fois de plus, nous empruntons des routes boueuses pour arriver à la banlieue sud car les grands axes sont sous le feu des francs-tireurs. Sami Kenj n'a rien d'un intégriste et ses filles sont en jeans. Malgré la panne d'électricité, je remarque leur rouge à lèvres.

« Paperon est venu vous voir ?

– Oui. Avec des livres. Il a insisté pour les faire remettre à mon neveu à l'intention des otages. Mais le cheikh Zouheir a refusé catégoriquement.

– Est-ce que je peux voir ces livres ? »

Il se lève et revient avec quelques exemplaires de l'autobiographie du baron Empain. Qu'est-ce que le baron Empain vient faire dans cette histoire ? J'ouvre le livre. Il est dédicacé à Kauffmann. L'auteur a chargé Charles

Paperon de lui faire parvenir, pour l'aider à tenir bon, le récit de sa propre captivité...

Plus les jours passent et plus les ignorants et les imposteurs se multiplient.

24 DÉCEMBRE 1985

L'A.F.P. annonce que Joëlle Kauffmann vient passer Noël à Beyrouth pour être près de son mari détenu. Quoi de plus naturel ? Moi-même, à cause de la présence de Michel, j'ai toujours refusé de quitter l'ouest. Mais quel vacarme de presse chaque fois que Joëlle sort de la péniche du Pont-Neuf où s'est installé à Paris son comité de soutien !

Elle arrive à l'aéroport de Beyrouth flanquée de ses deux fils, de ses beaux-parents, de son beau-frère Gérard, du journaliste Jean-Francis Held et de son « impresario » Cantal-Dupart. Tous descendent à l'hôtel *Cavalier* tenu par des Druzes. Vers dix-neuf heures trente, Gérard Kauffmann sonne à ma porte. Il m'invite à passer le réveillon de Noël en famille. La « famille » des familles d'otages ! Je ne pourrai jamais y appartenir ! Devant son insistance, je me résigne cependant à le suivre.

Cohue indescriptible... Tout le monde, entassé, parle en même temps. Held – nœud papillon – expose les revendications des ravisseurs et leur exigence de libération d'Anis Naccache : « Mais la presse doit observer un silence très strict... » La semaine suivante, *L'Événement du jeudi* titrera là-dessus...

Il y a quelques jours, Nabih Berri, chef d'Amal et accessoirement ministre de la Justice, a annoncé « avec certitude » que Seurat et Kauffmann seraient rentrés chez eux pour Noël. J'espère si fort que je cours acheter des vêtements chauds. Il fait froid à Paris où nous nous rendrons après sa libération ! Le docteur Razah Raad, qui était déjà venu ici en septembre et avait rapporté, de ses contacts avec les ravisseurs, des lettres de Carton et de Fontaine à leurs familles, entame une nouvelle mission à Beyrouth.

Ce personnage au visage d'une fascinante banalité est un chiite de Baalbek devenu candidat à la députation en France. Maître du battage médiatique, il est accompagné d'une équipe de télévision et loge avec elle dans le décor kitsch de l'hôtel *Summerland.* Je le rencontre pour la première fois le 23 décembre, en compagnie d'un fonctionnaire français chargé de le « marquer ». Je lui donne, à l'intention de Michel, une lettre et des hebdomadaires. Raad, qui fait la navette entre l'hôtel et le domicile de Zouheir Kenj, le cheikh roux au regard bleu fou, me dit qu'il lui remettra mon envoi le soir même. Puis il me glisse :

« Je vais me débarrasser de ce diplomate pour que nous puissions parler tranquillement... »

Dès que l'officiel a quitté la pièce, il m'invite à dîner en compagnie de sa suite de journalistes. Je me demande de quel côté de la barrière se trouve cet étrange chargé de mission qui cache ses activités à ses mandants. Sans hésiter, il nous révèle que Paris est prêt à échanger deux des cinq terroristes détenus en France contre les otages et que l'affaire est pratiquement faite. Quand, vers minuit, survient Marcel Laugel, je le vois écarquiller les yeux devant ce marché que l'ambassade de France ignore. Il a l'air d'un enfant candide contemplant une confiserie.

Trois jours plus tard, le paquet destiné à Michel me sera retourné.

Avant le repas, nous prenons un verre au bar tyrolien de l'hôtel, entourés de tous les journalistes occidentaux de la place, quand la télévision annonce que l'un des otages juifs libanais a été assassiné. Je suggère à Joëlle d'en parler dans ses interviews. Les otages français ne sont pas à l'abri d'un tel crime et il faut accélérer les négociations. Prudente pour une fois, mais à tort, elle refuse, jugeant la proposition dangereuse. Mais elle me presse d'aller à Paris « pour faire quelque chose » et voir François Mitterrand. Il est grand temps, me dit-elle, de montrer une « tête nouvelle » à la télévision.

L'heure du repas arrive enfin, on se bouscule dans l'escalier menant au premier étage. La table, élégamment dressée, est entourée d'aquariums encastrés dans les murs où des poissons rouges ouvrent et ferment la bouche comme des chanteurs de rengaines et se faufilent entre les coquillages phosphorescents et les amphores de plastique. Le menu est soigné : saumon fumé, dindon farci aux châtaignes, bûche au chocolat. Joëlle a pensé à tout ! L'ambiance s'échauffe. Ceux des reporters dont le matériel n'est pas trop encombrant montent sur les tables proches ou s'agenouillent sur des chaises afin de bénéficier d'un meilleur angle pour leurs prises de vue. Certains porte-micros sont presque assis dans nos assiettes. Nous voici à une grande première d'Hollywood ! J'ai envie de me cacher sous la table pour pleurer. Nos maris, que mangent-ils ce soir ? Gérard Kauffmann comprend ma détresse et me lance un regard complice.

Lui non plus, manifestement, n'a pas le cœur à festoyer. Cette nuit-là, ma solitude était infinie.

1er JANVIER 1986

A l'aube, je prends la route pour Baalbek. Hussein Moussawi, extrémiste chiite influent, a consenti à me recevoir. Pour moi, qui ne suis pas férue d'archéologie, cette ville évoque surtout le festival, son défilé de talents, de toilettes et de joyaux. Je me souviens avec émotion des jupons jaunes virevoltant parmi les colonnes du temple de Bacchus dans la nuit scintillante. Le dernier gémissement de la contrebasse de Charlie Mingus retentit encore à mes oreilles.

Douze ans plus tard, la ville se décompose, sinistre. Le long des trottoirs détruits, sous les gigantesques portraits de Khomeyni et de Moussawi, j'évoque les belles américaines garées là jadis par centaines. Les miliciens nous font attendre dans une caserne dont les murs sont couverts des photos de leurs « martyrs ». A mon bonjour, on répond : « A bas la France et les Super-Étendards ! » On a gardé ici un amer souvenir du raid de représailles lancé contre le Q.G. intégriste après l'attentat qui, il y a trois ans, fit sauter l'immeuble Drakkar et coûta la vie à 68 paras français de la force multinationale. Pourtant, la « vengeance » n'avait réussi qu'à tuer une chèvre ! Sur le calendrier illustré de portraits de « martyrs » qu'on m'offre, il n'y a d'ailleurs que des victimes de la guerre Iran-Irak.

Je suis mal à l'aise. J'ai froid et sommeil. On nous offre du thé et du café puis, vers quatre heures, on nous embarque dans une Mercedes gris métallisé. Les miliciens dégainent leurs pistolets.

« Pourquoi faites-vous cela ? Vous êtes ici chez vous et en sécurité...

– Pour vous protéger d'un enlèvement éventuel », me répond l'un des hommes, l'œil narquois.

Nous arrivons au domicile de leur chef. Une odeur de cuisine rance me poursuit jusqu'au premier étage. Sa fille me fouille méticuleusement puis Hussein Moussawi, en élégant polo couleur poil de chameau, Ray-Ban sur le nez, m'accueille avec un large sourire. Pour amorcer la conversation, je forge une phrase dans le style cher aux diplomates :

« L'hiver n'est-il pas trop rigoureux à Baalbek ? » Je lui parle aussi de Michel, de son attachement à l'islam, de ses bonnes relations avec Khalil Accaoui, le chef intégriste de Tripoli. Il me dit ne plus supporter Razah Raad, qu'il trouve antipathique. L'émissaire lui a promis la libération des cinq membres du commando terroriste détenu en France, alors que la proposition de Paris était d'échanger le seul Naccache contre les quatre otages. Les autres terroristes devaient être libérés en deux ans, temps restant à courir du mandat du président de la République.

« Il est fou ! dis-je. Complètement fou ! Ce sont des initiatives personnelles ! La France n'acceptera jamais cela ! »

Moussawi pose les yeux sur moi, éclate de rire et allume posément une cigarette.

« Est-ce que tu me crois impliqué dans l'affaire des otages ? Me crois-tu coupable ou innocent ?

– Je suis une grande sentimentale, une romantique, lui dis-je, mi-figue, mi-raisin. Je connais votre famille. J'ai partagé votre repas. Par moments, il m'est impossible de croire que vous êtes impliqué dans cette affaire. Mais cela ne veut pas dire que ce soir, une fois rentrée chez moi, après le coucher du soleil, j'aurai la même conviction. »

Il se raidit, repose sa question puis me demande avec insistance de déclarer à la presse qu'il n'est pour rien dans ces histoires. Dans l'espoir qu'il me fera rendre mon mari, j'y consens après beaucoup d'hésitations. De toute façon, dans ce pays, tout le monde a du sang sur les mains !

Il est six heures du soir. Les nuages ont caché la lune et le vent souffle sur un paysage de givre. Le gentleman-terroriste se fait pressant.

« Vous ne pouvez pas repartir pour Beyrouth à cette heure-ci. La route est dangereuse. Il y a des barrages partout. Passez la nuit chez moi à Baalbek ! Ma maison est la vôtre. Je ne voudrais pas qu'il vous arrive quelque chose de fâcheux...

– Non, non, merci, Sayyed. Mes filles m'attendent. J'ai l'habitude de parcourir le pays dans toutes les conditions, dangereuses ou non. »

Je suffoque. Je ne peux plus me sentir entourée de ces preneurs d'otages. Quand je le quitte, Moussawi balbutie, en invoquant Allah, de vagues encouragements.

Après quatre heures de route, je suis à peine arrivée chez moi que le téléphone sonne. C'est un ami journaliste de Paris. Je l'informe de ma démarche.

« Ce n'était pas la peine. Viens plutôt ici attendre Michel. Maintenant, c'est une question de jours. Tout est réglé. Il y a eu une réunion chez le ministre français des Affaires étrangères. »

Je n'y crois guère. Une démocratie et des États terroristes se seraient mis d'accord ? Près de moi, Waddah hoche la tête avec incrédulité. Politologue et grand ami de Michel, qu'il a accompagné à Agadir, il s'est toujours montré de bon conseil. Il sait que tant que le conflit entre l'Iran et l'Irak durera, il n'y aura pas d'issue à l'affaire.

LE 3 JANVIER

Le restaurant *Tokyo*, dans un immeuble blanc de style art déco proche du phare trapu de Beyrouth, est tenu par une vieille Japonaise encore alerte. Malgré la chaleur de nos étés, elle fait macérer son poisson cru dans un étang de citron épicé. Elle a, comme tant d'autres, un faible pour Henri et nous a donc réservé la « rotonde intime ». Le couvert est mis sur une nappe immaculée. Partant dans quelques jours pour Paris où j'attendrai Michel, j'ai réuni mes plus proches amis pour ce déjeuner d'adieux.

Waddah, contrairement à son habitude, ouvre le feu :

« Joëlle Kauffmann a rendu visite à l'ambassadeur d'Israël à Paris. Ce n'est pas très bon... Et toutes ces actions menées par le comité depuis l'enlèvement sont plutôt burlesques, non ? »

Il affectionne ce mot mais il est vrai que tout le monde, politiciens, syndicats, Communauté européenne, s'est mis de la partie. Je l'approuve.

« Une manifestation au métro Saint-Paul, une autre pour le Quatorze-Juillet. J'ai plutôt honte de voir promener la photo de Michel dans les rues. Pourquoi le gouvernement laisse-t-il le champ libre à ce remue-ménage ?

– Gouvernement, comité, ce sont tous des soixante-huitards attardés, observe Waddah.

– Mais enfin, qu'est-ce qu'ils ont tous ? Pourtant, c'est bien simple : plus la demande est forte, plus le prix est élevé. Ils feraient mieux de se taire !

– Et Jack Lang qui présente à Beaubourg un film sur Kauffmann ! Le ministre de la Culture en personne ! Ah, les ravisseurs doivent être contents. Ils ont trouvé la poule aux œufs d'or. »

Nous voici tous à discuter de l'attitude de la presse. Jean-François Kahn s'est fâché quand Jacques Chirac a voulu faire arracher l'affichage du comité. Les extravagances se multiplient. Henri intervient :

« Ce que les Français ne comprennent pas, c'est que les gens, ici, meurent comme des mouches. Trois mille disparus depuis le début de la guerre !

– Tu ne connais pas la meilleure ? coupe un convive. Flatto-Sharon, l'escroc israélien emprisonné en Italie, dit qu'il peut faire rendre les otages à la France si elle abandonne la procédure d'extradition engagée contre lui ! »

Comment faire comprendre à Joëlle que le militantisme, dans ce genre d'affaire, est inefficace et même dangereux ?

Devant un bol de cristal débordant de lychees opalescents et en savourant nos sakés, nous mesurons notre impuissance.

5 JANVIER

Il fait très froid à Marnes-la-Coquette où je me suis installée chez les Seurat pour une quinzaine de jours. Berthe, la tante de Michel, est la femme forte de l'Évangile et me traite comme sa sixième fille. Cet accueil et le dépaysement me réconfortent. Je vais d'abord voir Jean-

Claude Cousserand au Quai d'Orsay. Il est chargé du dossier des otages. Fils d'un fonctionnaire français à Beyrouth, il y a fait ses études. Je le sens, derrière sa réserve méfiante, désireux de m'aider. Mais il pratique la langue de bois du diplomate de carrière.

Je rencontre aussitôt après cette conversation Pierre Bloin, l'ancien compagnon de mission à Beyrouth du Dr Raad. Il est catégorique.

« Les otages sont dans un territoire sous contrôle syrien. Ils vont être libérés au plus tard dans une semaine. »

Le ministre des Relations extérieures, Roland Dumas, me reçoit à son tour. Un rien dandy, en dépit de sa paire de bajoues, alangui sur son canapé Louis XVI, il s'étonne, en expert, du double langage de Raad. Il me laisse entendre lui aussi que l'affaire touche à sa fin.

Il ne se sépare plus de son nécessaire de voyage dans l'attente de la nouvelle, imminente à l'en croire. Déjà, un avion et une équipe médicale sont à pied d'œuvre à l'aéroport de Damas. Bref, le ministre est content, tout le monde est content. Et moi ? Moi je suis contente de les voir contents. Mais je viens d'apprendre que l'un des otages serait malade. Un nouvel émissaire est envoyé à Beyrouth. Il confère avec Zouheir Kenj, et me racontera plus tard que le cheikh, fusil-mitrailleur à portée de la main, a passé son temps à rafraîchir son français en se faisant expliquer par son hôte un album de Babar. Les négociations vont bon train !

Comme toujours depuis sept mois. Sept mois de libération « imminente ».

Ma belle-mère vient chercher mes filles et Rupa pour

les emmener quelques jours chez elle à Châlons. Ma tante Berthe me quitte elle aussi et s'installe dans sa maison de campagne à Barbizon. Me voici seule à Marnes-la-Coquette. Soudain, je n'y tiens plus. Je me précipite à Orly, munie seulement d'une brosse à dents, et prends l'avion de Beyrouth sans prévenir personne. J'arrive à une heure où maman n'est pas chez elle. Je cours donc à mon appartement.

Est-ce bien ici que j'ai été heureuse ? Les jouets des petites... mais elles ne sont pas là. Les livres de Michel... sans Michel. Je prends soudain conscience que la moquette verte se décolle par endroits. Je la regarde fixement puis je me précipite chez Waddah et éclate en sanglots.

Pendant quelques heures, cela va mieux et je suis heureuse de me retrouver à Beyrouth. Mais à huit heures du soir, habillée et maquillée avec soin, je crève de solitude. Je rôde dans le vestibule, la cuisine, le bureau. Je rôde. Je déniche une bouteille de Laurent Perrier que Michel a laissée dans un coin et je me couche sur la moquette pour la vider. A onze heures, je me fourre la tête sous un oreiller pour hurler sans être entendue des voisins. Je téléphone au seul homme qui tisse un lien entre lui et moi. Ali vient tout de suite :

« Je ne savais pas que tu étais rentrée.

– Où est mon mari ?

– Il n'a jamais quitté la banlieue sud.

– Je veux mon mari ! »

Un désespoir encore inconnu m'anéantit. Je me demande aujourd'hui si, à cet instant précis, je n'ai pas senti que Michel était en train de mourir.

26 JANVIER

Pour mon anniversaire, des amis m'invitent au *Backstreet.* C'est une petite boîte tenue par des Druzes où les Beyrouthins branchés écoutent du *rythm and blues* en se passant de la coke sous les tables. Pour y accéder, on traverse la partie la plus sordide de Beyrouth-Ouest.

Hikmat, l'informateur intégriste de certains journalistes, est là et descend whisky sur whisky. C'est lui qui a organisé ma visite chez Hussein Moussawi. Ancien garde de sécurité de l'ambassade américaine, il puise ses informations auprès du cuisinier d'un dirigeant du Hezbollah et gagne sa vie en dollars. Carrière exemplaire ! Ce n'est qu'un des buveurs qui s'entassent dans ce haut lieu de la décadence : journalistes, miliciens, parasites, toute une faune à proximité des fous d'Allah.

Le lendemain, je pleure. Je suis perdue, ne sais pas où aller, que faire de mes enfants, de moi, de ma bonne, de ma vie, quoi faire tout court. Jamais depuis l'enlèvement je n'ai été si bas. Un malaise me tenaille le ventre. J'en suis sûre, l'orage va éclater.

Antoine me conseille de retourner à Paris et d'y trouver un logement.

« Va donc installer les livres de Michel sur des étagères. Il faut bien qu'il les retrouve en ordre. Puis reviens ici et attends le printemps pour repartir. Il fait trop froid en France et l'attente te semblera peut-être moins longue. »

Il a raison mais je ne peux pas ramener les filles à Beyrouth. Je ne les replongerai pas dans ce bain pour qu'elles voient livres et jouets disparaître dans des caisses. Je retourne à Paris.

PARIS, FÉVRIER 1986

Le soir de mon arrivée, une « réunion des familles » se tient au Quai d'Orsay. J'essaie de la rendre moins triste et parviens à faire rire à deux ou trois reprises. Je suggère à Monsieur le ministre d'envoyer à Téhéran un homme qui ne joue pas son jeu personnel. Puis je vais à Louveciennes chez Patricia Arrighi de Casanova, cousine de Michel. Elle est mariée à un Corse aussi coléreux qu'hospitalier. Hélas ! Leurs quatre enfants, la bonne, mes deux filles, le chat et les deux chiens m'empêchent de rester aussi longtemps que le souhaite la famille. La mairie de Paris me propose un triplex place des Innocents. La mezzanine est idéale pour caser les dix mètres cubes de livres de Michel.

J'ai accepté, à mon corps quelque peu défendant, la suggestion d'un entretien avec François Mitterrand. Je n'en attends pas grand-chose. Je suis d'un pays où le chef de l'État est inaccessible et, pour moi, à tort ou à raison, ce n'est pas à ce niveau-là qu'on règle un problème comme le mien. En traversant les solennels salons de l'Élysée en compagnie de Berthe, je ne peux m'empêcher de remarquer que l'ameublement Louis XVI fait un peu toc. François Mitterrand nous accueille et s'installe sur son trône-canapé en m'adressant un sourire sur papier glacé. Il parle tout le temps. « Vous savez, madame, les armements qu'on livre à l'Irak, je n'y suis pour rien. Je ne fais qu'exécuter les contrats conclus avant moi par la droite ! » Quelques mois plus tard, la majorité ayant changé, il soupirera : « Je ne peux rien faire. C'est la droite qui a ce dossier. » Il se fait recopier la lettre de Michel que je lui ai apportée et manifeste l'intérêt qu'il convient de témoigner pour mon cas. Compassion personnelle ou thème « porteur » dans la vie politique française ? Était-il nécessaire de pousser la démagogie jusqu'à la cultiver parmi les poireaux et les choux-fleurs du potager des parents de Kauffmann où il tint à faire poser son hélicoptère, lors d'un voyage officiel en Bretagne ?

4 MARS

Je cours chez l'ébéniste pour commander le canapé oriental dont Michel a toujours rêvé. Je choisis un velours soyeux à motif mir-boteh et donne à réparer les commodes damascènes incrustées de nacre. Je fais encadrer quelques miniatures persanes. J'ai besoin de m'occuper de meubles et d'objets. Un besoin qui tourne à l'obsession. A l'idée que mon canapé ne franchira peut-être pas la porte de l'appartement parisien, je ne fermerai pas l'œil de la nuit, échafaudant toutes les solutions possibles.

5 MARS

Vers huit heures du soir, je sirote un thé sirupeux et brûlant avec Ali sur la corniche du bord de mer. J'essaie d'obtenir la promesse d'une lettre de Michel, d'une rencontre avec Imad Moghnié.

Je rentre enfin à la maison pour profiter un peu de la présence de maman avant mon départ pour Paris. Nous parlons de la tentative de suicide de ma cousine. Soudain un hurlement crève la nuit.

« Ouvre-moi, ouvre-moi ! »

C'est Magda, de l'A.F.P. Elle est en bas, devant la porte. Un cri strident :

« Vite ! »

Je lui ouvre la grille. Elle est décomposée. Un communiqué du Djihad islamique vient d'annoncer que l'un des quatre otages français a été « exécuté ».

Je me précipite à l'agence. Dans la salle de rédaction, un silence de mort. On entend bourdonner les mouches autour des télex fatigués. Patrick, Jacqueline, Carole, Nabil retiennent leur souffle. Presque sans m'en apercevoir, je pose la question :

« Ce ne serait pas Michel, par hasard ? »

Ils se regardent. Puis ils baissent les yeux. J'ai compris : Carole n'a pas le courage de me répondre mais hoche la tête. Je me jette dans les bras de Patrick, j'y crois sans y croire. La photo est à l'Associated Press. J'y cours et je la vois enfin. C'est lui, beau comme je l'ai connu.

« Mais il est vivant, sur cette photo ? Il ne peut pas être mort ! »

Amaigri, tendu, barbu, il fixe l'objectif d'un regard vide. En tremblant, j'essaie de lire le communiqué en arabe qui reproche à la France d'avoir « donné » à l'Irak deux opposants irakiens en « sachant qu'ils seraient exécutés ». Le Djihad accuse en outre Michel d'avoir fourni aux services de renseignements français des analyses sur le Proche-Orient et les mouvements islamiques au Liban.

J'ai l'impression que tout se brouille comme sur l'écran d'un téléviseur dont on débranche l'antenne. Il me semble que la ville va s'effondrer. Puis je reprends mes esprits. D'abord rétablir le lien avec eux. Ali. Je cours chez lui.

« Descends ! »

Du haut de son balcon, il rigole et prend tout son temps pour nous rejoindre dans la rue. Sa maman n'aime pas qu'il sorte la nuit... Le voici enfin.

« Ce n'est pas possible, c'est du bluff ! » s'exclame-t-il.

Je le dévisage longuement, la gorge nouée. Puis, ne sachant où aller, je me retrouve, en sa compagnie, chez Waddah, déjà au courant. Deux journalistes du *Safir* sont là, perplexes. Nous repartons vers ma maison. Elle est déserte comme une tombe. Pendant une bonne heure, Ali et moi essayons d'avoir Imad Moghnié au téléphone. Ce soir, les numéros commençant par un 8 – ceux de la banlieue sud – n'« accrochent » pas...

Le lendemain, le vent se lève brusquement sur Beyrouth en putréfaction. La peur... Courir... Fuir ma famille. Me cacher... Je traîne dans les locaux de France-Inter et de TF1, étendue sur le canapé blanc de Thierry de Scitivaux. Des mots, des sons me parviennent mais je ne les comprends pas. A l'arrière-plan, il y a des gens, des bruits, des moustiques, des cafards. Et toujours ces mots : exécution... cadavre.... communiqué...

Waddah, les yeux pleins de larmes, étudie le communiqué. Il remarque que les termes « nous annonçons l'exécution » sont ambigus, tant en français qu'en arabe. Ils peuvent impliquer soit qu'elle a eu lieu, soit qu'elle va avoir lieu.

Sans cesse des coups de téléphone et des télex m'arrivent de Paris. Personne ne croit à l'assassinat. C'est du bluff ! Le lendemain, Thierry apprend du cheikh Selman el-Khalil, administrateur du cimetière « le jardin des deux martyrs », que « Seurat est toujours vivant ». Mais très vite, un dirigeant du Hezbollah rappelle le religieux à l'ordre. Il n'est ni responsable ni porte-parole du parti et s'est donc exprimé à titre personnel. Ce que l'intéressé confirme, mais sans revenir sur ses déclarations. Il s'expliquera deux jours plus tard en ces termes : « J'ai affirmé que Michel Seurat n'est pas mort parce que je ne l'ai pas enterré moi-même. » C'est le premier grain du chapelet de mensonges et d'élucubrations macabres dévidé entre Paris, Téhéran, Damas et Beyrouth.

DIMANCHE 9 MARS

A l'ambassade de France, on s'empresse de me donner des nouvelles qui se veulent rassurantes. Les deux Irakiens renvoyés de force à Bagdad ont enfin été découverts par l'ambassadeur, M. Courage.

Il lui a fallu deux semaines pour les voir. Contrairement à ce que prétendait Amnesty, ils sont bien vivants. Le diplomate les a trouvés « en bonne santé mais un peu tristes de ne pas pouvoir, pour l'instant, poursuivre leurs études de philosophie en France ». Il faut voir la tête des deux « philosophes » dans les journaux !

Le soir même, j'ai la mauvaise idée de repasser à l'ouest. Les journalistes se ruent sur moi dès que j'apparais : « Madame Seurat, que pensez-vous de ceci... de cela ? » Bien malgré moi, me voici une star du show biz !

Les feux de la rampe, d'autres les savourent avec ivresse. Un homme qui dit appartenir au Hezbollah téléphone à l'A.F.P. Il récite une sourate du Coran puis demande : « Pourquoi l'exécution de Michel Seurat serait-elle un crime impardonnable, alors que ce n'est pas le cas pour les tueries de musulmans ? » Menaçant, il somme la France de renvoyer dans la région le Dr Raad. Roland Dumas répond vertueusement que le Djihad « n'a pas à désigner les émissaires de la France ». Puis, le médecin politicien resurgit à Beyrouth. Ivre de publicité, virevoltant comme un matador face au taureau, il épuise l'A.F.P. qui ne parvient plus à rendre compte de ses déclarations. A l'en croire, il est seul à avoir le contact avec les ravisseurs et « reprend les négociations à zéro ». Puis, un mardi matin, il plonge dans la banlieue sud et réapparaît le lendemain. Il assure avoir rencontré les auteurs de l'enlèvement et usé de la marge de manœuvre que Paris lui aurait accordée pour négocier. Il avance une statistique macabre :

« Lorsque je me suis enquis du sort de Michel Seurat, la moitié de mes interlocuteurs m'ont dit qu'il était mort, et l'autre moitié qu'il était mort à 95 %. Je rapporte des effets personnels que je remettrai à Marie Seurat. »

Le soir même, le gouvernement français proclame solennellement qu'il ne cédera jamais au chantage car on ne discute pas avec des terroristes. Mais pendant qu'il tient ce ferme langage, deux hauts fonctionnaires du Quai sont en mission au Proche-Orient, l'ambassadeur de France en Tunisie, Eric Rouleau, attend son visa d'entrée sur une banquette de l'aéroport de Téhéran, deux émissaires du président de la République française sont à Damas et l'inévitable Raad multiplie entrechats et pirouettes à Beyrouth.

Non, on ne discute pas avec des terroristes !

10 MARS 1986

Je pense maintenant que le communiqué accompagné de la photo de Michel et annonçant son « exécution » relève seulement de l'intimidation. Mais cela ne dissipe pas ma peur. Je passe chez Gemayel, mon bijoutier. Toujours cette envie irrésistible de l'or qui soulage mon angoisse. Je me choisis une paire de boucles d'oreilles 1930. Puis j'entre dans un cinéma. On donne *Fletch* – histoire de meurtre et d'assurance-vie. Sur l'écran, un flic braque un Smith and Wesson sur un journaliste... Encore ! Je passe ensuite prendre Antoine pour aller dîner. Il a la tête à l'envers.

« Les nouvelles ne sont pas très bonnes. Fabius a fait une déclaration...

– J'ai lu cette déclaration ce matin dans le journal. Elle n'a rien de particulier. Il doit y avoir autre chose.

– Ce n'est pas très bon. Il y a un deuxième communiqué aujourd'hui...

– Qu'est-ce qui se passe ? Dis-le-moi ! Dis-le-moi ! »

Je marche de long en large dans le salon. Toutes sortes de cousins sont assis là, menaçants. Tous me regardent. La présence d'un médecin est suspecte. Enfin, Antoine rompt le silence.

« Il y a encore eu des photos ce soir...

– Des photos ? Quoi, des photos ?

– Trois photos et un nouveau communiqué. Le Djihad était furieux qu'on ne l'ait pas pris au sérieux. Il a envoyé des photos... »

Puis j'entends, très loin :

« Il est mort. Il est mort. On ne peut rien y changer. Il faut vivre avec... »

Je me souviens vaguement qu'on m'a donné du cognac. Beaucoup. Je vomis, je m'allonge sur le lit immaculé d'Antoine. Je frissonne et quelqu'un me jette un manteau sur les épaules. Quand je reprends un peu conscience, je me frappe moi-même, en sanglotant, le front et le cou.

Vers onze heures, Marcel Laugel arrive de son dîner mondain.

« Ah, mon petit, mon petit, je suis désolé...

– Il est vraiment mort ? Vraiment ?

– Il est mort. Je ne peux pas vous laisser d'espoir. On n'a pas le corps, mais c'est une certitude. »

J'ai l'impression d'être un wagonnet fou sur des montagnes russes. Je jaillis du lit en hurlant :

« Non, pas lui ! Ils ne peuvent pas l'avoir tué ! Lui, si proche des musulmans ! Ils ne peuvent pas lui avoir fait ça à lui ! »

Je saisis, dans ma fureur, une tasse de café turc et la lance à travers la pièce dans la direction de Laugel. Elle éclate contre le mur et le marc en jaillit. A minuit, le premier conseiller de l'ambassade de France, à quatre pattes, essuie consciencieusement le parquet d'Antoine en répétant que « ce n'est rien, mon petit, ce n'est rien... »

Ma tête est un bouchon dans un fleuve en crue. Au fond de moi, je sais que tout est fini.

MARDI 11 MARS

En m'éveillant, je vois les photos dans le journal. C'est le comble de l'horreur. Sur la première, Michel, avec une barbe de quelques jours, a le torse nu, la tête penchée vers la droite, la joue gauche légèrement enflée, un œil clos et l'autre entrouvert, les lèvres tuméfiées. La seconde photo montre un corps enveloppé d'une couverture à gros carreaux et placé dans un cercueil ouvert. Des bandages de tissu sont visibles à la hauteur de la tête et des pieds. La troisième présente le cercueil fermé. Son couvercle est frappé d'une croix aux branches épaisses. Le communiqué joint s'étonne qu'on ait pu douter de « l'exécution ». Une fureur impuissante me fait éclater les yeux. Qu'est-ce que je peux faire ?

J'ai accumulé en moi une énorme rancœur contre tous ceux qui ont trempé dans cette affaire d'otages. Il faut que je crève l'abcès. Il faut que je parle. Que je prenne le monde à témoin. Que j'accuse.

J'accuse les responsables français. Joxe, pour son expulsion des deux Irakiens ; Fabius pour avoir proclamé qu'il ne céderait jamais au chantage tout en libérant deux terroristes d'Abou Nidal ; le Quai d'Orsay pour avoir cédé aux pressions de certaines familles d'otages et envoyé en mission un olibrius. Je les accuse tous d'ignorance, d'inefficacité, de laxisme, de discorde. Les ministères qui se mettent des bâtons dans les roues. Les dirigeants qui jouent les fantômes. Personne ne veut répondre de rien. A qui m'en prendre, dans ces palais officiels où chacun se défile ? Aux tables ? Aux chaises ? Aux bureaux Directoire ?

Je pense à ces gens qui n'ont rien tenté pour délivrer Michel alors qu'on le sortait de son cachot et qu'on me l'amenait à la maison ! Comment oseront-ils se regarder dans la glace demain matin, ceux-là ?

Dévastée, j'étale ma souffrance sur les écrans de la France entière. Mes larmes sont invisibles, mes sanglots silencieux. Toute la tragédie de la Méditerranée dans chaque ride de mon visage.

Antoine fait tout ce qu'il peut pour me hisser hors du gouffre. Il entre dans ma chambre, l'air faussement dégagé.

« On va faire un tour ? »

Soudain, je me dis que, conduisant comme un fou, il va m'offrir une façon élégante de sortir de la vie. Je revêts une galabieh pour être parfaitement décente quand on me retirera de la carcasse de la Ferrari. Et nous déboulons sur l'autoroute, dans le doux hurlement de la huit-cylindres.

Nous venons de passer à deux cents à l'heure l'aéroport militaire de l'est, aménagé sur un tronçon de l'autoroute, quand surgissent dans les phares les parpaings d'une chicane des Forces libanaises. Long coup de frein ; la voiture va s'écraser contre le barrage. Antoine, indemne, sort et constate avec cet accent libanais qui fait chanter les r...

« C'est un désastre... »

Des hommes armés de fusils d'assaut M 16 surgissent de toutes parts. Ils contemplent Marie Seurat, la tête ensanglantée, dans la lumière de la lune.

Juste après avoir appris l'assassinat de son mari ! Quelle belle photo cela ferait pour la presse ! Puis, malgré ma résistance, un milicien m'emmène à l'hôpital. L'esprit brouillé, je l'entends expliquer.

« Ce sont des Français. Ils ont eu un accident avec leur grosse Datsun... »

A demi consciente, mais égale à moi-même, je rectifie :

« Pas Datsun ! Ferrari. Ferrari... »

Condoléances, messe de requiem, photos du corps et du cercueil dans les journaux... Je ne peux plus douter de sa mort, maintenant. Tantes et cousines affluent, élégantes dans leurs robes noires que rehaussent des bijoux trop voyants. Leur cacophonie m'assourdit. Thierry me prend par le bras et m'entraîne sur l'immense terrasse qui surplombe le port de Beyrouth. Le soleil me ronge. Titubante, je m'agrippe à la balustrade. Je sens que, inquiet de mes intentions, il me tire timidement en arrière. C'est vrai, j'ai songé à me tuer, avec mes filles ! En bas, je regarde les voitures, les passants, une femme qui fait du jogging, écouteurs aux oreilles. Les pigeons tournoient dans le ciel. Tout m'écœure. Ce bleu ! Leur ventre traverse, au rythme des battements d'ailes, toutes les nuances du blanc.

Il faut retrouver les filles à Paris. Sur la route de l'aéroport, celle où Michel a disparu à tout jamais, je dois longer les taudis où il a été emprisonné des mois durant. La mosquée d'Ali, sur ce boulevard du crime, fait éclore en moi des fleurs de sang. Quand l'avion décolle brutalement, je me cache derrière mes cheveux comme pour ne pas me voir fuir. Comment élever les filles ? Que vont-elles devenir ? Sont-elles là pour me donner courage et espoir ou pour me rappeler ces images que je ne veux plus voir ? Je voudrais pouvoir leur dire que leur père s'est tué à moto, ou encore en chassant le mérou quelque part en Turquie. Je ne pourrai jamais leur avouer comment il est mort : amoindri au fond d'un noir cachot, dans la ville où elles sont nées.

Aussitôt arrivée à Paris, c'est le déferlement de la presse. Les journaux publient à la une, sans pudeur, l'horrible image. Les élucubrations battent leur plein : Seurat, selon les Irakiens, a été liquidé par les Syriens. Ces derniers le disent mort d'une crise cardiaque. Pour le Mossad, c'était un agent palestinien. Si l'on en croit *Le Monde,* il a été assassiné quinze jours avant l'expulsion des deux Irakiens. L'Élysée me confirme avoir su, dès le 5 février, que l'un des otages était mort. Je les soupçonne d'avoir connu son nom et de me l'avoir tu. L'O.L.P. observe que Paris, pour ménager la Syrie, n'a pas demandé son intervention. Il fallait donc implorer les Palestiniens de prendre sa défense ? Lui qui avait enseigné dans leurs camps, traduit les œuvres de leur écrivain Ghassan Kanafani, fait rendre les documents historiques volés par l'armée israélienne en 1982 dans leur centre d'études de Beyrouth... Quant aux Syriens, il leur aurait suffi de resserrer un peu leur étau autour de Baalbek pour que les intégristes rendent les otages. Car, faute de ligne aérienne entre Beyrouth et Téhéran, tout le ravitaillement des militants pro-iraniens passe par Damas et la Bekaa.

Du fond de sa prison, Anis Naccache demande à ses « frères » de rassurer les familles d'otages sur leur santé. Quelques heures plus tard, une cassette vidéo est remise à une agence de presse à Beyrouth. Kauffmann y déclare : « Nous sommes là parce que notre pays s'est trop engagé aux côtés de l'Irak et, tous les quatre, nous payons pour cela. » Tous les quatre ! Ignore-t-il l'assassinat ? L'enregistrement a-t-il eu lieu avant ? L'a-t-on forcé à dire cela ?

Je me perds en suppositions. Puis le Quai d'Orsay m'apprend qu'il a de « sérieuses raisons » de croire que Michel est encore en vie.

Dans la brume, devant moi, quelque chose bouge. Je ne sais pas encore qu'une immense imposture s'avance. Luttant contre ma peur, je décide de regarder et de comparer les trois photos de Michel en captivité dont je dispose.

Celle du « cadavre » d'abord. Étrange ! C'est là qu'il ressemble le plus à l'homme aux joues pleines qui soignait sa vigne quelques heures avant de partir pour le Maroc. Pour m'en assurer, je vais chercher une autre photo, prise le 20 mai, deux jours avant l'enlèvement, chez Gilles Kepel, à Paris. C'est bien la même coupe de cheveux, faite par un vrai coiffeur. L'emplacement des boucles est identique sur le front et la nuque. Sur la photo du « cadavre », la veine jugulaire est gonflée. Or les médecins légistes sont formels : un mort n'a plus de pression sanguine et ne pince pas les lèvres comme cela ! J'ouvre ensuite *Paris-Match*. Sur les deux photos prises le 13 août 1985 et le 5 mars 1986, Michel est maigre, sa barbe est fournie et il a les cheveux coupés très court. Cela signifie, sans l'ombre d'un doute, que la photo du prétendu cadavre a été prise au début de l'enlèvement. Et l'explication s'impose : elle a été faite à un moment où, drogué et placé dans un cercueil, Michel était transporté de la banlieue sud à Basta, au cœur de Beyrouth-Ouest, où je sais qu'il a été détenu cinquante jours. Diabolique ! Pour semer le doute, ils ont envoyé la photo d'un vivant et celle d'un cercueil. Un jour, je rentrerai à Beyrouth, je paierai des tueurs à gages. Ils s'empareront d'Imad Moghnié, le chef geôlier. Je le pendrai par les chevilles, je lui lierai les mains avec du fil barbelé, j'allumerai un feu sous sa tête et je le contemplerai... Et le cheikh Zouheir Kenj, avec son regard bleu fou ! Je l'enfermerai dans un box avec un étalon furieux. Le cheikh Fadlallah ? Je le ferai tourner à quatre pattes, ensanglanté, au bout de ma chambrière ! Oui, je retournerai à Beyrouth. La vengeance calmera mon mal !

Les journalistes parisiens m'assiègent mais je ne veux parler à aucun d'eux. Pourtant, quand Jean-Pierre Elkabbach me téléphone et me demande de participer à son émission de 19 heures, j'accepte. Son nom me dit quelque chose. Michel m'a bien fait rire en me racontant le « Taisez-vous, Elkabaaâche ! » de Georges Marchais.

Installée dans un studio d'Europe 1, j'écoute, la mort dans l'âme, la plage de publicité puis un fragment du journal : un couple de province qui divorce et se dispute le perroquet de la maison devant le tribunal. Je dois parler de l'assassinat de mon mari, après cette histoire de perroquet ! Je veux me lever et partir mais je n'y parviens pas. Je ne me souviens même plus de ce que j'ai pu dire.

Dans la rue, on me reconnaît. Des passants viennent me serrer la main. Un général en retraite m'envoie une lettre outrée, la seule que j'ai reçue. Elle commence par : « Non, Madame, la France n'est pas une carpette ! » Des correspondants me demandent en mariage. Des Arabes m'insultent car j'ai dit, à propos de l'islam, « en avoir par-dessus la tête ». Et les Israéliens racontent à *France-Soir,* friand de sornettes, que Michel était un terroriste complice des Palestiniens.

C'était au début de l'été 1982... Pour repousser les Palestiniens à quarante kilomètres de sa frontière et permettre aux habitants de la Galilée de « vivre en paix », Israël venait de lancer son bulldozer sur le sud du Liban. Nous étions bien incapables, à Beyrouth, d'imaginer que les Israéliens parviendraient jusqu'à nous. La paix en Galilée n'était pas leur objectif essentiel ; ils voulaient surtout briser les reins des Palestiniens et les chasser de la ville.

Un jour, à trois heures de l'après-midi, nous apprîmes, Michel et moi, qu'Ariel Sharon était à nos portes. Il venait de s'emparer avec ses blindés du vieux sérail de Baabda. Nous n'avions jamais vu un Israélien de notre vie. Notre premier réflexe fut de nous précipiter à leur rencontre sur l'autoroute.

Puis ce fut le siège de Beyrouth, seul moyen pour l'envahisseur de venir à bout de la ville, la guérilla urbaine s'annonçant trop coûteuse en hommes. Un demi-million d'habitants qui ne pouvaient ou ne voulaient pas quitter la capitale furent pris au piège. Et, soudain, quelque chose d'incroyable se produisit. Face à l'ennemi, toutes les rivalités disparurent. Le proverbe arabe le dit bien : « Je suis contre mon frère, je suis avec mon frère contre mon cousin, je suis avec mon frère et mon cousin contre l'étranger... » Il n'y avait plus de chrétiens, de musulmans, de Druzes, de Palestiniens, de communistes, de pro-irakiens ou de prolibyens... Nous étions solidaires. Et, Michel et moi, très à l'aise dans cette tour de Babel que les guerres intestines ne ravageaient plus.

Tous les jours, les Israéliens resserraient l'étau. Plus de ravitaillement, de médicaments, de sang, d'oxygène pour les hôpitaux. Les sans-abri affluaient de la banlieue sud et occupaient des immeubles entiers dans le quartier résidentiel de Hamra. La misère était terrible, les morgues pleines et l'on entendait, jour et nuit, la voix du canon. La ville se transformait en un immense dépotoir à ciel ouvert, jonché de chats et de chiens crevés qui se décomposaient sous les essaims de mouches. Les rats attaquaient les malades dans les hôpitaux de fortune des banlieues.

Chaque jour, nous improvisions. L'ancien vendeur de ventilateurs japonais offrait des bougies et des lampes à acétylène. Mais sur la corniche du bord de mer, le long des immeubles éventrés et des remparts de terre rouge, les marchands de quatre-saisons circulaient « comme avant la guerre », tandis que des baigneurs téméraires faisaient trempette à portée de canon des vedettes israéliennes. Le courant électrique avait disparu. Les coiffeurs se frottaient les mains : cela ne les gênait pas et la chaleur doublait leur clientèle.

Le grondement apocalyptique des orgues de Staline nous éveillait chaque matin. Zaza n'avait que trois mois ; je la revois affolée dans les sous-sols de l'A.F.P. avec les bébés kurdes et les réfugiés. Quand survenait une accalmie, Michel allait dans la rue attendre que le générateur ambulant de l'UNRWA alimente enfin la pompe à eau de notre maison. Puis il arrosait sur le balcon les plantes que je me refusais à voir mourir. Parfois, une balle sifflait au-dessus de sa tête sans même qu'il y prît garde. Le soir, nous allions faire un petit jogging sur la piste en terre battue de l'Université américaine. Les miliciens druzes, armés jusqu'aux dents, jouaient au football entre deux volées d'obus. Des combattants en treillis bariolé surgissaient de nulle part, masqués comme pour un carnaval.

Un soir, à la nuit tombante, je ne savais trop que faire dans mon salon après avoir, toute la journée, tourné et retourné avec Michel l'éternelle question : « Entreront-ils ou non ? » Soudain, nous entendîmes, en contrebas, des applaudissements nourris. Nous nous sommes précipités au balcon. Une foule se pressait autour des voitures garées dans la rue. Nous avions oublié le Mundial ! Ce soir-là, l'Italie et l'Allemagne s'affrontaient. Les voisins, faute d'électricité, avaient descendu leurs téléviseurs dans la rue et les avaient branchés sur les batteries de leurs voitures. En bons Méditerranéens, ils faisaient une ovation au but qui scellait la victoire italienne. Du coup, je fus saisie d'une frénésie culinaire et je mitonnai une excellente sauce bolognaise à base de corned-beef taïwanais...

« Qu'ils partent à pied ou en voiture, comme ils voudront, mais qu'ils partent », disait alors aux journalistes un officier israélien.

Tsahal était décidé, coûte que coûte, à chasser les Palestiniens de Beyrouth. On allait jusqu'à leur fixer un ultimatum : quarante-huit heures. Je revois ma tante Alexandra, assise sur son Queen Ann moelleux, s'exclamer, en se tapant le front :

« Même si on me donnait un mois pour déménager, ce serait impossible ! Pauvres Palestiniens ! Ce n'est pas réaliste ! »

Certains matins, la brume jaune des bombes au phosphore nous empêchait d'y voir à plus de cinq mètres. Parfois, on entendait des explosions sourdes, inconnues. C'était Bégin qui pourchassait Arafat dans Beyrouth à coups de bombes à implosion comme un gamin prenant pour cible un lapin mécanique dans une kermesse. Après les bombardements les plus durs, Michel et moi nous offrions une récréation. Accoudés à la balustrade, nous regardions les colonnes de fumée s'élever dans le ciel en répétant :

« Est-ce qu'ils entreront ? »

Un soir, je voulus m'offrir le luxe d'une limonade glacée au bar de l'hôtel *Commodore*. Les journalistes y étaient entassés. Les uns évaluaient la provenance des tirs, les autres parlaient du salaire des mercenaires somaliens ou népalais embauchés par l'O.L.P. ou rouspétaient contre leur bière tiède. Dans sa cage baroque, le majestueux perroquet du barman répétait à qui voulait l'entendre, en arabe : « Et ta sœur, Sharon ! Et ta sœur ! » Soudain, un sifflement aigu enfla de seconde en seconde.

Nous ne le connaissions que trop bien. Les avions avaient lâché leurs bombes ! Chacun se rua vers la cage d'escalier ou se coucha par terre, mains croisées sur la tête. Puis ce fut un énorme éclat de rire... On venait de s'apercevoir que le perroquet était l'auteur du sifflement. Il avait dû penser que nous n'avions pas assez peur. Huit ans de guerre lui avaient appris à reproduire avec génie le répertoire d'un arsenal complet allant du lance-roquettes portatif à l'orgue de Staline.

Au bout d'un mois de blocus, je suis devenue claustrophobe, odieuse. J'accepte de partir en France *via* Damas faire un stage d'équitation. Je suis à la campagne, chez Gilles Kepel, quand l'apocalypse s'abat sur Beyrouth. Les bombardements ont fait, en une journée, 75 morts et 180 blessés. Était-ce le début de l'assaut israélien ? La ville, attaquée durant quinze heures consécutives par terre, par mer et par air, est à feu et à sang. Les tirs les plus intenses frappent le secteur où habite maman. Regardant à la télévision ces images d'horreur, je me demande, vingt-quatre heures durant, si ma famille est morte ou vivante. Après un voyage épique par Damas et sept heures de routes tortueuses, je regagne Beyrouth.

Michel n'avait pas voulu quitter l'ouest. Il avait décidé de sauver à tout prix la bibliothèque du Centre culturel français, défoncée par un char israélien. Les soldats s'étaient emparés de cartes de l'Institut de géographie et continuaient leur pillage. Michel était révolté. Il avait enseigné trois ans dans ce lieu où désormais voisinaient les sacs de couchage, les boîtes de conserve et les étrons. Pour lui, tout livre était sacré. Grâce à Michel Eddé, ministre de l'Information, nous avons pu faire évacuer des bibliothèques entières dans les camions de l'armée libanaise : l'ambassadeur de France n'avait pas cru devoir se montrer concerné.

Quelques jours après leur entrée à Beyrouth-Ouest, les Israéliens sont arrivés avec des camions bâchés au Centre d'études palestiniennes. Ils ont mis à sac des archives uniques. Je revois Michel expliquer aux grands officiers blonds la rareté et l'intérêt historique de ces documents. Il se heurtait toujours à la même réponse : « Nid d'espions... » Après bien des tractations, on l'a laissé entrer pour constater l'état des lieux. Il ne restait plus que quelques feuilles solitaires sur les rayonnages poussiéreux. Accablé par son impuissance, il rédigea le soir même avec un ami une pétition publiée par *L'Orient-Le Jour* qui lui valut du conseiller culturel la menace d'être mis dans le premier avion pour Paris. Mais Michel, chercheur du C.N.R.S., ne dépendait pas de l'ambassade.

Tel fut le « terrorisme » de Michel en cet été 1982. La vie s'était transformée en survie. Nous étions devenus des survivants professionnels.

MARNES-LA-COQUETTE, 8 AVRIL 1986

Pour l'anniversaire de Zaza, Berthe a organisé une grande fête. Je n'ai pas revu mes filles depuis mon départ de Beyrouth. A l'idée de les prendre dans mes bras, de les voir sourire, de les entendre chanter, j'éprouve comme de l'effroi. En les attendant, je m'approche de la baie vitrée et regarde le cèdre bleu du jardin. Le froid de la mort me fait frissonner. « Maman, voilà maman ! » C'est la voix de Laetitia, ma toute petite. Elle court vers moi. Mon Dieu, elle que je connais à peine, elle que j'ai quittée si longtemps, elle se souvient encore de moi ! Comment peut-elle m'appeler encore maman ? Mais voici Zaza l'exubérante qui m'emporte dans son tourbillon.

C'est la fête, avec beaucoup d'enfants, de parents, de cadeaux et de chiens. Mais c'est aussi la première étape de ma lutte acharnée contre la fascination de la mort. Je pleure et ris en même temps.

Mon déménagement est enfin arrivé. Dans le nouvel appartement de la rue de Seine, il faut abattre quelques cloisons pour loger les meubles des vastes espaces beyrouthins. Le canapé décadent, qui fait très hall de gare, sera amputé d'une place. Les objets familiers, transplantés en terre étrangère, me font payer leur exil. Ils m'agressent et je sors le moins possible de ma chambre minuscule où est le lit à pois bleus et blancs, celui où est née Zaza il y a quatre ans.

J'erre dans Paris, glacée, hagarde. Je suis prise de haine pour cette ville étrange faite d'ordre, de déjeuner, de rendez-vous précis, où mille boutiques vendent des sachets de lavande en satin mauve et des savonnettes au bois de santal. En face de l'appartement, l'enseigne clignotante du restaurant vietnamien me transperce. J'aurais pu supporter cet exil avec lui. Sans lui, plutôt une geôle chez les miens.

Péniblement, je tente de remonter la pente. La nuit est le domaine des larmes, des remords, des questions vaines. Aurait-il fallu se précipiter à Tripoli chez Khalil Accaoui ? Implorer le cheikh Said Chaabane ? Supplier Yasser Arafat de faire quelque chose ?

Mes tentatives minuscules pour frôler ordre et démocratie sont cruelles.

Le hasard semble s'obstiner à me ramener à ma douleur. Au théâtre de l'Odéon, on joue *Question de géographie*. Une femme y reçoit une lettre de son mari qu'elle croyait mort depuis seize ans et qui est dans un camp en Union soviétique. A l'Opéra, on présente une *Salomé* sans faste, sans danse et sans bijoux. Sur la scène, le cachot sinistre et la tête ensanglantée de Jean-Baptiste me jettent dans une angoisse insupportable. Je sors en courant de la loge et, accoudée à l'immense balcon de marbre, je sanglote en sentant le khôl couler sur mes joues. Un autre soir, sortant d'un restaurant avec des amis, un énergumène vêtu de cuir noir me braque un pistolet sur le front. Je hurle et il dit, tout contrit : « Mais c'est du plastique... C'est pour rigoler ! » C'est sa façon de demander une pièce aux passants ! Je me débats contre mes amis qui m'empêchent de me ruer sur lui et de cogner.

Aïda, arrivant tout juste de Beyrouth, me téléphone. Selon elle, mon mari, après sa visite à la maison, a été isolé de son compagnon de détention, mains liées derrière le dos, le jour comme la nuit, même pendant les repas, et il est mort d'épuisement. Cette vision me replonge dans la vase dont je commençais à m'extraire.

Pour le premier anniversaire de l'enlèvement, le 22 mai, je me retrouve au micro de Jean-Pierre Elkabbach, cette fois au côté de Catherine Deneuve qui parle de son dernier film. Je tente de faire comprendre que les médias, par leurs interventions répétées et leur soif de sensation, ont fait monter les enchères et transformé l'otage en une denrée de grand prix, en une arme redoutable aux mains des ravisseurs. Le comité de soutien à Kauffmann est issu de celui qui défendait Abouchar, alors qu'il n'y a rien de comparable entre le cas du journaliste entré clandestinement en Afghanistan et arrêté par des autorités régulières et celui de Michel ou de Jean-Paul, victimes d'un rapt à des fins de chantage. Je dis à Elkabbach, en lui rappelant le perroquet de mon dernier passage : « On digère vos informations comme des Danone. »

Le nom de Michel est avancé pour la médaille d'or du C.N.R.S. Cela soulève des objections, certains collègues le traitant de « pêcheur de mérous ». Des amis me demandent, pour défendre sa valeur professionnelle, de réunir les milliers de pages que ce paresseux a écrites et de les publier. On me soutient toujours, ici et là, que mon mari est vivant. Omrane Adham, émissaire syrien du président Mitterrand qui a colporté successivement toutes les versions, est maintenant de cet avis. A l'en croire, les Syriens sont « unanimes sur ce point ». Moi, je veux pouvoir répondre dans quelques années aux questions de mes filles en leur montrant le livre de leur père.

Gilles Kepel opère un tri dans les dizaines de caisses de papiers, en quête des chapitres de la thèse d'État déjà rédigés. Il ne les trouve pas. Pour moi, il est capital d'inclure aussi dans le volume ce que Michel a écrit en détention. Seul Anis Naccache dispose des contacts indispensables et peut m'aider à obtenir les documents.

Le Quai d'Orsay accepte d'organiser la rencontre. Il demande seulement que Berthe et moi-même soyons accompagnées par Pierre Bloin, le diplomate arabisant familier de l'affaire. Un cinéaste syrien ami de Michel, Omar Amirallay, complète le groupe.

Le pénitencier de Clairvaux est installé dans un ancien couvent transformé par Napoléon. On y accède par un affreux portail de fer. Mais le quartier de détention est invisible de l'ancien cloître que bordent deux allées de roses rouges. C'est dans ce haut lieu de la chrétienté qu'est enfermé Anis Naccache. Guidés par le directeur, un archaïque trousseau de clés en main, nous pénétrons dans un blockhaus qui me fait frissonner. Dans une petite pièce, un homme roux en baskets et survêtement bleu marine est appuyé contre le mur lisse et blanc. Il nous regarde de côté, l'air troublé par notre intrusion. Au bout d'un moment, je comprends que ce personnage anodin et désemparé n'est autre que Naccache. Le diplomate se fait tout petit dans un coin de la pièce mais, tout en ayant l'air de compter les mouches, il ne perd pas un mot de notre conversation.

« Nagib et Samir t'envoient leurs salutations », dis-je pour détendre l'atmosphère.

J'expose ensuite les raisons de ma visite. Je souhaite qu'il m'aide, lui, lecteur passionné des travaux de Michel sur le terrorisme, à retrouver ce qu'il a écrit dans sa geôle.

« C'est pour cela que tu es venue ?

– Oui, mais il y a autre chose. On me dit de plusieurs côtés – Syriens, Palestiniens, Iraniens – que Michel est toujours vivant. »

Il respire profondément.

« Moi, je suis en mesure de te dire la vérité. Mes frères ont parfaitement capables d'une mise en scène macabre. Dès que j'aurai un contact, je te ferai signe. Il y a huit chances sur dix pour que ton mari soit vivant. »

Huit chances sur dix... La vie de Michel Seurat continue de s'évaluer en pourcentages. Mais je préfère, à tout prendre, croire ce mystique égaré dans le terrorisme plutôt que les fonctionnaires insipides du Quai d'Orsay et de l'Élysée.

Trois jours plus tard, deux otages français, Philippe Rochot et Georges Hansen, membres de l'équipe d'Antenne 2, sont libérés. Je suis en proie à la hantise de les voir tous sortir sauf lui. Je fuis la réalité et, à force de comprimés, je sombre dans un sommeil disloqué par l'angoisse.

Le lendemain, le téléphone sonne. C'est le Quai d'Orsay.

« Le détenu de Clairvaux désire vous parler. »

J'appelle la prison. J'ai peur comme un voleur, comme on a peur dans le noir, comme on a peur du grand méchant loup dans les contes. Je vais savoir s'il est mort ou vivant ! Le directeur me demande de rappeler dans une demi-heure, le temps d'aller chercher le détenu dans sa cellule. Pour apaiser mon anxiété, je prends un bain. Puis je rappelle. Encore une minute d'attente interminable. J'entends enfin la voix de Naccache :

« Je n'ai pas pu avoir de confirmation mais je crois que ton mari reviendra. Avec ses écrits... »

J'ai toutes les raisons du monde pour haïr ce terroriste. Et pourtant, je me confonds en offres de service : veut-il de la kebbé ? Manmo peut lui en préparer. Mais je ne lui garantis pas le goût de l'agneau. Les boulettes sont meilleures chez nous... Pauvre Naccache, il est éberlué par toutes ces prévenances.

A partir de ce moment, une avalanche de coups de téléphone s'abat sur moi. Tout le monde proclame que Michel est vivant. Selon Henri, les Syriens sont d'accord là-dessus. Imad Moghnié l'a confié à un milicien palestinien. A Matignon, un proche collaborateur de Jacques Chirac me dit que les informateurs sont beaucoup plus nombreux à l'estimer vivant que mort.

Nouvel appel du Quai d'Orsay. Le détenu de Clairvaux a quelque chose à me dire. J'entends un « Allô » devenu familier.

« Il est mort ?

– Non, il est vivant. Je le sais par quelqu'un de confiance que j'ai appelé dans le Golfe.

– Jure-le-moi sur ton fils.

– Je ne jure que sur Dieu ! »

Et il me récite :

« *Bismillah al Rahmane al Rahim*, ton mari est vivant... »

J'appelle aussitôt le directeur de cabinet du ministre des Affaires étrangères pour l'informer.

« Je vous l'avais bien dit », me répond-il avec la gaieté feinte de celui qui, soulagé, va pouvoir continuer à ne rien comprendre.

J'ai rendez-vous ce jour-là avec une amie. Elle doit m'aider à choisir le carrelage de la nouvelle salle de bains. Il fallait à tout prix faire le vide dans ma tête.

« Il est vivant, est-ce que tu me crois ?

– Bien sûr que je te crois. Quand tu me dis qu'il est mort, je te crois, et quand tu me dis qu'il est vivant, je te crois. »

Nous filons boulevard Diderot, choisir le carrelage. Il fait chaud, moite ; la moiteur de Beyrouth, sans l'odeur des poubelles. J'ai peur, je songe à Pompei, je revois la mosaïque de la mosquée des Omeyyades, la taille du carrelage, les prix, les dates de livraison, puis, de nouveau, l'image du terroriste dans sa cellule.

Pour rentrer rue de Seine, je traverse le Luxembourg.

Je pense aux petits morceaux de bonheur volés à la vie et j'ai hâte que Michel revienne. Il faut qu'il revienne. Je sens l'été, je sens le bonheur ; l'espoir s'est emparé de moi et me submerge.

Mais, rentrée chez moi, le doute m'envahit à nouveau. Manmo me prend dans ses bras.

« Mais non, Naccache ne raconte pas n'importe quoi. Il aurait pu te dire qu'il n'avait pas réussi à établir un contact. Ou alors, ne pas insister comme cela. »

Un ami de Michel intervient, sceptique : « Ces gens-là sont capables de tout. Tu n'as aucune idée des manipulations des services de renseignements. J'y croirai quand je le verrai devant moi ! »

L'après-midi, j'emmène les filles au Luxembourg. Elles aiment les promenades à poney. Je m'interroge, chemin faisant : Michel aurait-il monté avec ses ravisseurs un scénario macabre pour accélérer les négociations ? En est-il capable ? Zaza, devant la statue de Marie de Bourgogne, s'agenouille soudain sur le gravier : « Sainte Vierge, rendez-moi mon papa très vite ! »

Depuis deux mois, j'évite de lui parler de son père. Avant l'annonce de l'assassinat, elle s'asseyait tous les soirs par terre devant la télévision, visage rond entre les paumes, les coudes sur ses genoux tremblants.

Dès qu'elle entendait, au début du journal, le nom de son père, elle tournait vers moi, avec un sourire, ses grands yeux noirs interrogateurs. Ce spectacle était devenu à la longue un supplice. Mais même après qu'Antenne 2, à ma demande, eut fait disparaître la photo, Zaza continuait à s'asseoir devant l'écran et à attendre.

Quand Michel devait rentrer, après la libération des détenus d'Atlit, nous avions fait les valises ensemble : Zaza avait choisi pour son père le costume de lin gris. Ensemble, nous avons remis la naphtaline dans les poches. Et dès que nous avons refermé le placard, l'état de l'enfant a empiré. D'une agressivité sans bornes à mon égard, elle ne parle plus mais gesticule, grogne, tape du pied en frappant de tous côtés, ne pouvant émettre que des bégaiements. Elle n'accepte rien de moi, ni promenades, ni jouets, ni gâteaux, rien... Chez le pâtissier, elle écrase les choux et dessine des ronds sur la vitrine avec la crème. Au grand bassin du Luxembourg, elle tente de couler les bateaux des autres enfants. La pédopsychiatrie, l'orthophonie ne me sont d'aucun secours. Enfin, j'appelle Françoise Dolto, qui ne donne plus de consultations mais me répond.

« Estimez-vous heureuse, madame, que votre fille exprime son malheur. C'est déjà une excellente chose. Il faut lui dire toute la vérité. Parlez-lui comme à une adulte. »

Comment puis-je dire à une enfant de quatre ans : « Papa reviendra bientôt », puis, quelques jours plus tard : « On l'a tué, il ne reviendra plus » ? Mais la lecture du *Cas Dominique,* où, en douze entretiens, Françoise Dolto guérit son petit malade, renforce ma confiance en elle. Je découvre une nouvelle façon de m'adresser à Zaza et j'y puise un espoir.

3 JUILLET 1986

Le directeur de cabinet du ministre téléphone à Berthe : qu'on n'envoie pas les filles en vacances à Beyrouth, leur père va être libéré incessamment. J'en conclus que Naccache va être relâché en contrepartie. Je décide de lui rendre visite une dernière fois avant son retour à Téhéran. Pour ne pas incommoder l'intégriste, j'enlève mon vernis à ongles rouge puis je fais des emplettes au restaurant libanais de la place Maubert. Chawarma, falafel hommos, moutabbal... il y en a deux cartons pleins et le directeur, en nous accueillant, fait grise mine : il est interdit d'apporter de la nourriture aux détenus. Au charme, je parviens à extorquer une exception. Je me demande encore comment, dans leur fouille minutieuse, les gardiens sont parvenus à défaire puis à recomposer les feuilles de vigne farcies !

Anis Naccache semble, cette fois, à son aise. Nous parlons de Michel, des prises d'otages, du soufisme, de Khomeyni. Au moment du départ, je lui tends la main et lui dis : « Je ne me vexerai pas si tu ne la prends pas. » L'intégriste la serre et me regarde, tout ému. Pendant le trajet du retour vers Paris, le fonctionnaire du Quai d'Orsay qui nous a accompagnés ne cesse de me répéter : « Vous voyez, il reviendra, votre Michel ! Nous n'arrêtons pas de vous le dire, mais vous ne croyez que Naccache... »

Ce soir, je parviendrai à dormir presque sans somnifères...

TUNIS

Je crois dur comme fer que Michel est vivant ; j'entreprends des tentatives de réconciliation avec l'islam. Timidement d'abord, comme on vérifie la température d'un bain, du bout du pied. Et pour ne pas rester seule dans un Paris envahi par les Japonais, boîtier noir autour du cou, j'ai accepté l'invitation d'Amirallay qui me propose de l'accompagner à Tunis. Je veux voir Bizerte, la ville où a vécu Michel. C'est le but de notre première excursion mais nous cherchons en vain le « Mérou confiant » – c'est le nom de la maison – mais est-ce l'une de celles qui sont enfouies sous les broussailles ? Je passe mon temps pendue au téléphone, harcelant les uns et les autres, comparant les déclarations de tel ou tel. Sur la plage brûlante, je dissèque *Le Monde,* notant qu'il fait état de sept otages et non de six. Pourtant l'inquiétude monte en moi. Nous allons visiter Mahdia, ancienne cité chiite d'Afrique du Nord. Dans l'immense cimetière marin de la ville bleue, je ne retrouve de la Syrie que les teintes pastel des pierres tombales. Le lendemain, je me réveille en sursaut. Je me précipite à la poste, saisie de panique. Il faut que je sache une fois pour toutes. Est-il vivant ou mort ? J'envoie un télégramme au Premier ministre Chirac, lui rappelant qu'il a déclaré « œuvrer pour la libération de tous les otages, en particulier celle de Michel Seurat ». J'ajoute que je suis « plus concernée par la vérité quant au sort de mon mari que par son éventuelle libération ». Je lui demande enfin d'alléger une « situation personnelle devenue insupportable ». Je n'aurai jamais de réponse.

Couchée sous un soleil foudroyant, je sens sous mes paupières battre la nuit et la clarté comme alternent en moi la certitude et le doute. Quand une vague me fouette les reins, je sens Michel revivre. Au bout de dix jours, exténuée, je me replie sur le Liban.

BEYROUTH, 24 JUILLET 1986

Au pied de la passerelle, trois voitures blindées de l'ambassade attendent. Les gardes de sécurité m'escortent jusqu'à Broumana, chez ma sœur Dalal où je fais une entrée fracassante en proclamant que Michel est vivant. Le lendemain, je rends visite à Gilles d'Humières, nouveau chargé d'affaires à l'ambassade de France. Je veux lui demander les clés de l'Institut où se trouvent quelques objets personnels de Michel et peut-être la mystérieuse thèse d'État cherchée partout en vain. Le diplomate m'offre le café dans son bureau ; il est le premier à avoir cette attention. Après un moment de conversation sur les intégristes, les Palestiniens, je le mets au courant des différents contacts du Quai d'Orsay ; il attaque, en me regardant de ses yeux graves

« Madame, ils vous mentent tous. Tous, sans exception ! Faites comme si votre mari ne devait plus revenir. »

J'inspire profondément. J'ai l'impression qu'un félin me griffe au visage. Jamais encore un officiel n'a été aussi net, aussi brutal. Il poursuit :

« Nous pourrons en reparler un autre jour mais je n'en vois pas l'utilité maintenant. Prenez vos petites filles et restez dans la montagne sous les pins. Ne répondez à aucun journaliste. Ne lisez aucun journal. Vous ne saurez rien jusqu'à la fin. »

Je ne supporte pas cet homme. Tellement catégorique avec ses grands airs à la lord Byron. Je ne lui ai rien demandé...

« Qu'en savez-vous ? Vous qui ne vivez qu'au fond de vos voitures blindées ! Vous seriez beaucoup mieux à Al

Souls à siroter du sherry ! Votre place est à Oxford, non pas à Beyrouth ! »

Le mois d'août s'écoula sur la vaste terrasse de ma sœur. La balançoire, tapissée d'une toile fanée, grinçait. Je regardais en bas la ville écœuranre et féroce. Quand elle scintillait dans la nuit claire, j'étais persuadée que Michel était vivant. Quand la brume l'embaumait, j'avais la conviction qu'il n'était plus. Alors, la nuit avait l'immobilité de la mort.

PARIS, SEPTEMBRE

Nous sommes revenus pour la rentrée scolaire. Une lettre de Naccache m'attend. Manmo s'en empare, la lit à haute voix et s'exclame :

« Il n'y a pas l'ombre d'un doute. Michel est vivant. »

Le lendemain, dans la lueur lourde du matin, d'Humières me téléphone. Je lui fais part des assurances que donne Naccache. Sa voix est lointaine et agacée :

« Envoyez-moi une photocopie si bon vous semble. Mais cela ne change rien à mon point de vue. »

Le tension dans laquelle je vis est tout simplement atroce. Je profite des heures matinales pour pleurer. Si les filles me voient, Zaza devient furieuse et Laetitia s'angoisse. L'automne parisien est doux, et les feuilles de platanes sur les trottoirs sont rares. Ce mois de septembre est lourd d'attentats terroristes, de déclarations et de contre-déclarations, de spéculations et de mensonges.

Le père Jenco, otage américain libéré il y a un mois, aurait-il communiqué des informations ? Un fonctionnaire du Quai m'avoue qu'il a mentionné seulement trois otages français. Un autre soutient qu'il n'a rien révélé du tout.

Nouvelle remise d'une cassette vidéo à une agence de presse de Beyrouth. Kauffmann n'y parle que de Carton et de Fontaine. Il ne mentionne pas l'assassinat de Michel. Or, un mois plus tôt, un otage américain, Jacobsen, avait, dans une cassette, confirmé la mort de William Buckley. Je vois dans ce précédent une preuve. Si Michel était mort, Kauffmann l'aurait dit. Donc il est en vie. C'est d'ailleurs ce qu'affirme Naccache dans sa lettre. Je la colle sur le mur, près de mon lit et, chaque soir, je la lis et relis avant de m'endormir.

Il va revenir. J'imagine nos retrouvailles. Il me tombera dans les bras, m'embrassant et pleurant. Moi, pour mieux le voir, je reculerai avant de fondre en larmes. Je replace sa photo dans le salon sur l'encoignure en acajou de Cuba et, pour la première fois depuis des mois, j'ouvre les fenêtres et regarde passer les touristes américains qui font du lèche-vitrines dans la rue de Seine.

J'écoute de la musique. Une lumière rose baigne le clocher de Saint-Germain-des-Prés.

Brève accalmie. Quelques jours plus tard, je déjeune avec Patricia Coste. Après avoir dégusté une « symphonie des trois chocolats » elle m'avoue enfin, en fuyant mon regard, que Jacques Toubon a dit à un confrère d'Antenne 2 : « Pour nous, Seurat est mort. » Mais alors, pourquoi me le cacher ? Prétendent-ils manipuler les manipulateurs ?

Je téléphone tous azimuts : le Quai, le G.I.G.N., la D.S.T., la D.G.S.E. Pendant six jours. Le septième, la

Terre s'arrête de tourner. Le temps a brusquement changé ! La grisaille parisienne a pris le dessus. Je me dis qu'un prisonnier perd tout sens du réel au bout d'années de détention. Il faut que je revoie Naccache, que je le regarde dans les yeux, que je le soumette à un détecteur de mensonge. La vérité, je la lirai dans son regard.

Désormais, tous les terroristes sont regroupés à la prison de la Santé pour y être à la portée du juge Marsaud, chargé du dossier des attentats du début du mois. Mgr Capucci, évêque melkite de Jérusalem, qui est originaire d'Alep et très proche de l'O.L.P., est venu de Rome pour convaincre, dit-il, Georges Ibrahim Abdallah de faire cesser les explosions dans les rues de Paris. Ce Raspoutine palestinien a provoqué un incroyable remue-ménage et le ministère de la Justice renâcle à autoriser une autre visite à la Santé. Je fais des pieds et des mains pour l'obtenir et y parviens. Une fois de plus, avec Amirallay, nous achetons place Maubert des douceurs orientales.

A la Santé, on ne plaisante pas. Rien à voir avec l'ambiance bon enfant de Clairvaux. La brique rouge évoque les pesantes et tristes bâtisses victoriennes de l'Est londonien. Entre les deux battants du gigantesque portail, notre coup de sonnette fait surgir le crâne de Tarass Boulba. Les confiseries orientales sont confisquées séance tenante. Après un strict contrôle d'identité, un personnage lugubre nous fait traverser une cour aux pavés bombés. Trois hommes sont là, cheveux blonds, Ray-Ban, pantalons de bonne coupe. L'un d'eux me reconnaît et incline légèrement la tête. On nous enferme dans une cellule vitrée jaune citron qui ne fait pas plus de quatre mètres carrés. J'imagine ce que doit être la vie de deux prisonniers dans ce genre de cagibi. Du moins sommes-nous au rez-de-chaussée et non sous terre, comme dans le cachot de Michel et de Kauffmann à Basta. L'atmosphère est lourde et menaçante. Je sens ma gorge se serrer.

Naccache arrive enfin, flanqué de deux policiers aux allures de méchants de série B. Il me sourit en baissant lentement les paupières. Je lui parle aussitôt de sa lettre. Est-il certain de son informateur ?

« Oh oui, celui-là ne mentirait jamais. » Je lui dis que Mohamed Sadek, bras droit du ministre iranien des Gardiens de la Révolution, tient un tout autre langage.

« C'est bien lui qui t'informe par l'intermédiaire de ta mère, n'est-ce pas ? »

Il rougit et baisse les yeux pour éviter mon regard. Puis il balbutie :

« Tu te trompes.

– Ne te moque pas de moi. Je vous connais tous et je sais tout. Je sais que vous avez monté l'attentat contre Bakhtiar avec son frère Saleh, qu'il a été liquidé à Beyrouth par des agents irakiens, que sa veuve s'est remariée avec ton ami Mohamed. Je connais tout de vous. »

Naccache s'agite, réclame son avocat. Il change de sujet, condamne violemment les attentats terroristes à Paris. Il nous dit aimer le film d'Amirallay sur l'islam en France, film dédié à Michel et que pour ma part j'ai trouvé complaisant. Bref, il n'y a plus rien à tirer de lui.

Nous rentrons à la maison avec nos douceurs arabes.

« Il faut le croire, me dit Amirallay. Quel intérêt ont-ils à mentir ? »

A midi, le téléphone sonne. C'est d'Humières à qui je rends compte de ma conversation de la Santé. A nouveau, il m'administre une douche froide et je lui raccroche au nez. Il boudera dix jours. Son attitude me bouleverse. Pourquoi me réduit-il au rôle de la faible femme ? Je lui accorde pourtant le bénéfice du doute ; peut-être est-il vraiment le seul à tenter de me sortir du gouffre.

Penser à Michel m'est devenu intolérable. Comment a-t-il pu mourir si vite ? Il est solide comme un roc, ne boit pas, ne fume pas, saute en parachute, plonge en eau profonde. Non, il ne peut pas être mort. Les hommes supportent plus qu'on ne l'imagine, le goulag, l'hôpital psychiatrique, les milliers de lieux de torture, beaucoup en reviennent. Ont-ils vraiment cru qu'il était un espion ? Quand il avait envisagé de collaborer avec le Centre d'analyse et de prévision du Quai d'Orsay, certains de ses collègues de l'institut de Damas et du C.N.R.S., bonnes âmes, n'avaient pas hésité à l'accuser de « faire du renseignement »...

OCTOBRE 1986

Ils ont même fait main basse sur mes rêves : ils bouillonnent d'images brutales et de fantasmes sanglants. L'incertitude me tue à petit feu. Tout s'effondre. Personne ne peut dissiper cette souffrance.

Les événements se bousculent. L'otage américain Jacobsen vient d'être libéré. Par une belle nuit étoilée, ses geôliers l'ont relâché devant le squelette de l'ambassade des États-Unis, sur la corniche, à l'endroit précis où, en 1983, une explosion a tué mon amie Lili dans sa voiture. Quelques jours plus tard, on devait identifier son corps dans le sac poubelle numéro sept à l'hôpital américain. De passage à Francfort sur la route du retour, Jacobsen a donné à un diplomate français et à Joëlle Kauffmann des informations recoupant celles de son compatriote libéré précédemment, le père Jenco. Il n'a eu connaissance que de trois otages français détenus dans la pièce voisine de la sienne, au sixième étage d'un immeuble de la banlieue sud. Il ignore les noms de Kauffmann et de Seurat. Un jour, sur un flacon de sérum, il a vu une étiquette portant celui de Carton. Les otages étaient constamment suivis par des médecins. Mais alors, comment aurait-il pu mourir s'ils étaient bien soignés ? La confusion atteint son sommet lorsque, deux jours plus tard, le diplomate présent à l'entretien de Francfort me téléphone. Il dit que Michel est mort étouffé dans le coffre d'une voiture où il avait été ligoté avec une corde. Un autre fonctionnaire m'assure : « Les Syriens lui ont fait payer son article sur le " terrorisme d'État ". » Mort dans une tentative d'évasion, affirme un troisième informateur. Un quatrième est certain que son geôlier l'a tué au terme d'une discussion idéologique. Ces images me déchirent. Mais le pire reste à venir.

Mon seul recours : les voyantes, médiums et astrologues. L'une d'elles vit à Rome où je lui fais parvenir, par l'intermédiaire d'une amie italienne, une photo de Michel et moi. J'ai choisi un instantané pris au pied de la statue de la Liberté. Sa réponse est étonnante : « Il n'y a plus de contact entre eux. Lui est détenu par des gens qui veulent l'échanger. Pour l'instant il est vivant, mais la situation évolue si vite qu'on ne peut pas dire s'il survivra à cette épreuve. »

Mon amie lui demande s'il est détenu seul. Elle répond « Avec d'autres » et ajoute : « Sa femme baigne dans les informations fausses. Elle doit écouter seulement la famille des gens avec qui est détenu son mari. » Mais quelle famille ? Celle de Carton, qui croit toujours Michel vivant ? Celle des ravisseurs, qui le dit mort ?

Je fais d'innombrables visites à une éminente astrologue du Marais. Un jour, elle me dit que Michel ne peut pas être mort.

« Pourtant, on ne peut pas lire la mort dans un thème. »

Elle en convient mais me révèle n'avoir jamais vu un thème aussi mauvais que le mien. A l'en croire, à partir de la fin de l'année prochaine, les choses iront mieux... Même si je suis vouée à mener toujours une vie hors du commun.

En attendant le rendez-vous d'une voyante célèbre, Yagel Didier, je bous d'impatience. Elle est en voyage et ne peut me recevoir que dans un mois. Quand j'entre enfin dans son appartement de l'avenue du Maréchal-Foch, à Chatou, au lieu du cabinet de consultation feutré et garni d'orchidées ou de boules de cristal que j'ai imaginé, je trouve un vaste salon d'un classicisme presque austère, orné de portraits de famille dans des cadres d'argent. La jeune femme qui m'invite en souriant à passer dans son bureau ne ressemble guère aux diseuses de bonne aventure de mon enfance. Elle regarde un long moment les frondaisons, au-delà de la baie vitrée, prend enfin le paquet de tarots.

« Donnez-moi cinq cartes, Marie, et pensez aux otages. »

Soudain, je vois le cercueil et le vautour côte à côte sur la table d'acajou. Une deuxième, une troisième et une quatrième fois, les cartes de mort surgissent.

« Il n'a pas cédé. J'entends qu'il n'a pas cédé. Il était costaud. Il a été battu. Je le vois, le visage tuméfié. Il est tombé malade après les coups. Vous savez, il a résisté longtemps... Ils ont abattu un homme fini, comme s'ils voulaient l'achever.

– Et les autres ?

– Deux d'entre eux sortiront le 12 novembre. Un en fin d'année. »

Je me souviendrai de cette prédiction lorsque Sontag et Coudari seront relâchés, le 11 novembre, puis Aurel Cornéa le 24 décembre.

« Votre petite fille, me dit Yagel en pointant le doigt sur la photo de Zaza, vous donnera beaucoup de bonheur. Elle sera arabisante comme son père. Quant à vous, votre vie ne sera jamais banale. »

De retour à la maison, des images macabres me harcellent. Un tueur, vêtu d'une tunique noire comme les fous de Dieu de l'Achoura, frappe sans trêve Michel sur la tête à coups de crosse de revolver. Coups de pied dans le ventre, tortures, chocs électriques, cachot mènent une danse sauvage dans mon cerveau. Tout à coup, j'ai pensé que j'allais mourir. Les heures de l'aube furent les plus terribles.

Je passe trois jours immobile, en position fœtale, sur un divan, et le médecin appelé par Manmo me place sous perfusion de Tranxène.

Par un après-midi pluvieux et gris, je reçois une visite. En congé à Paris, d'Humières arrive, son parapluie noir au poignet. Il s'assied sur le bord de mon lit tel un curé de campagne venu donner l'absolution à une pécheresse moribonde. Puis il me lance : « Que sont devenus vos yeux ? Regardez-vous un peu ! Vous ne prenez pas assez sur vous. » Il se moque de ma perfusion comme si je dramatisais à plaisir. Son défi sarcastique porte ; je me redresse et arrache l'aiguille avant de retomber sur l'oreiller. Dès qu'il est parti, je me lève péniblement et me regarde dans une glace. Il n'a pas tort : j'ai le visage allongé d'une vieille fille qui frôle la cinquantaine.

Dans les jours qui suivent, les contradictions reprennent de plus belle. Marcel Coudari et Camille Sontag viennent d'être libérés à Beyrouth. Le premier, aux activités peu claires, assure que Michel est mort d'une crise cardiaque, rengaine qui arrange tout le monde. Sontag, lui, raconte une histoire étrange : il aurait eu entre les mains un livre portant sur la page de garde « Michel Seurat – avril 86 ». Je vais au rendez-vous qu'il me donne. L'avenue de Suffren tremble sous une pluie fine. L'ascenseur s'arrête au neuvième étage du *Hilton* dans un feulement d'agonie et le couloir est aussi long et lugubre qu'une catacombe. Au fond d'une suite tapissée de shantoung bleu, deux petites têtes blanches flottent au milieu d'un affreux Chesterfield.

Le vieux monsieur se lève comme un écolier pris en faute. Enlevé à tout hasard par des voyous, il a été vendu au Hezbollah.

« Vous comprenez, dit-il, on me changeait de cellule et

la voiture roulait vite quand mon bandeau a glissé. En essayant de le replacer sur mes yeux, j'ai reçu une gifle qui m'a fait saigner du nez. Le lendemain, dans ma nouvelle prison, j'ai demandé quelque chose à lire et on m'a apporté toute une caisse de bouquins. J'en ai pris un au hasard : *Enfance berlinoise.* Sur la page de garde, en biais, j'ai vu la signature de votre mari et, au verso, une date : 8 avril 1986. Je me suis dit que, déclaré mort le 5 mars, il était bel et bien vivant un mois plus tard. »

Je lui montre un spécimen de l'écriture de Michel : « Oui, madame, c'est bien ça. »

Il se lève et va chercher un stylo et une feuille pour me faire le plan de sa geôle. Son trait est assuré comme celui d'un architecte. Il est donc en bien meilleur état qu'on ne l'a raconté. Mais les recherches de plusieurs amis de Michel sont vaines : *Enfance berlinoise* reste introuvable.

C'est le lendemain de cette visite que l'apocalypse s'abat sur moi. Dans ma mémoire, je ne retrouve que les bribes d'une scène irréelle. Je suis la folle de Chaillot. Je brandis un long couteau de cuisine, souple et pointu, en direction de Laetitia. Comme un Indien traqué, je le plante dans le chambranle de la porte. Je me revois immobile, la tête sous le couteau qui vibre. Un psychiatre me fait hospitaliser d'urgence à Nogent-sur-Marne. Dans le pavillon où l'on m'admet, un drame fera trois morts quelques mois plus tard. L'astrologue m'avait dit que la mort me suivrait longtemps et partout !

Quand je sors, un mois plus tard, aux environs de Noël, tâtonnant dans un cocon noir, je trouve à la maison les deux filles faisant et défaisant les valises. C'est là leur jeu favori mais Zaza joue pour de vrai : elle veut aller à Beyrouth. La ville de puanteur, de mort, de veuves et de martyrs est le seul lien qui la relie à son père.

Je ne peux pas les accompagner là-bas. Il n'y a qu'un être que je supporte de retrouver. Il n'y a que Jean-Pierre à Istanbul.

ISTANBUL, DÉCEMBRE 1986

Je ne sais par quel miracle j'ai pu atteindre l'Orient intacte. A peine arrivée, je me jette, exténuée, sur le canapé en simili cuir jaune. Le Bosphore et la Corne d'Or attendront demain. Jean-Pierre tournoie dans la pièce, nerveux. J'entends soudain un croassement.

« Je ne savais pas qu'il y avait des corbeaux ici ?

– Mais non, ma chérie, c'est une mouette...

– Je ne me trompe pas, c'est un corbeau...

– Je te dis que c'est une mouette. »

Comment me tromperais-je ? Le chemin menant à notre usine d'égrenage, surtout lorsqu'on avait passé le cimetière militaire, était le rendez-vous des corbeaux. En face du portail, de l'autre côté de la route, se trouvait l'hôpital dit des « tuberculeux ». A l'horizon, une rangée de pierres tombales badigeonnées de chaux pastel évoquait une mâchoire terrifiante. J'entends encore le croassement des corbeaux d'Alep !

D'un bond, Jean-Pierre s'est levé. Il a l'air défait.

« Tu as raison, ma chérie, c'est un corbeau. Je le vois d'ici. Il est horriblement noir. »

Les trois premiers jours, collée à la chaufferette, j'écoute les bruits de la rue, jetant de temps à autre par la fenêtre un coup d'œil furtif sur ce panorama pourtant propre à susciter des émois littéraires... J'essaie sans succès de croire que le brouillard de pollution qui baigne la ville est une brume poétique. Je n'émerge de ma torpeur que pour quelques achats indispensables : un collant de laine et un bonnet noir car la neige tombe. Je suis frappée par le nombre de femmes au teint clair comme moi dans la rue. Au souk, on m'adresse la parole en turc. Istanbul devient, elle aussi, ma ville.

Jean-Pierre tient à quitter l'est et les grands froids. Il veut me montrer des coins d'Anatolie que je ne connais pas. Nous prenons le ferry jusqu'à Izmir puis parcourons, dans une voiture de location, des routes enneigées et tortueuses jusqu'à Pamukkalé. Des sources sulfureuses bouillantes crèvent les terrasses blanches. Paysage lunaire et insolite de neige et de calcaire qui se confondent.

L'hôtel où nous arrivons éveille en moi des sensations depuis longtemps endormies. Il doit y avoir, là aussi, un restaurant peuplé de musiciens aux instruments étranges. Mais quand nous entrons dans la grande salle, nous ne trouvons qu'un pianiste adipeux aux favoris trop longs qui se balance devant son piano mécanique. Sur la vaste piste de danse, des jeunes femmes vêtues de mousselines vaporeuses et de taffetas scintillant s'évertuent, sur leurs talons aiguilles, à suivre leurs cavaliers boudinés dans leurs costumes démodés. C'est Alep... le club... mon enfance.

Le lendemain, nous franchissons avec peine le Taurus enneigé pour rejoindre la côte sud en quête d'un peu de soleil. A Antalya, nous visitons des sites antiques dans la matinée et restons à l'hôtel l'après-midi. Pendant le réveillon de la Saint-Sylvestre, je pose à Jean-Pierre mille questions sur l'Empire ottoman, les massacres d'Arméniens et l'expulsion des chrétiens syriaques. Il m'interroge sur l'exil de la famille de papa : je sais seulement que sa mère, Marie Mamarbachi, a fui Mardine en 1915 avec ses sept petits garçons. J'ignore tout de mon grand-père. Un pauvre paysan d'Anatolie centrale ?

« Avec ce nom-là, me répond Jean-Pierre, spécialiste de l'Empire, ce n'est pas possible. »

Dans la bonne société d'Alep, on passait sous silence l'exil et les massacres. Papa ne nous en avait jamais parlé, à ma sœur et à moi. Il en aurait peut-être usé autrement avec des garçons.

Je suis à mille lieues de me douter que cette escapade en Turquie avec Jean-Pierre va changer ma vie et me lancer dans une intense recherche sur le passé. Pourtant, c'est à Antalya qu'a commencé ma métamorphose.

BEYROUTH, 24 JANVIER 1986

L'avion s'est à peine immobilisé que tous les passagers se précipitent vers les hublots. La piste est envahie de Cadillac noires et d'ambulances de la Croix-Rouge libanaise. Un cercueil enveloppé de jute sort de la soute. C'est celui de Makram, fils de Ghassan Tueni, qui s'est tué en voiture, il y a quelques jours dans une rue de Paris. La mort me suit partout...

J'interroge maman sur son enfance, son père, son grand-oncle, ce Gabriel poète dont j'ai si souvent entendu le nom. En vain... Quand la télévision diffuse les images de la messe de requiem pour mon compagnon de voyage, je la vois essuyer une larme. La fureur me gagne ;

elle pleure un inconnu alors que moi, sa fille, j'ai perdu mon mari il y a quelques mois dans des conditions si terribles ! Je n'ai plus rien à faire ici, auprès d'elle !

DAMAS

Il le fallait. Il fallait que je retourne en Syrie, dans mon pays, pour apprendre à vivre et à souffrir sans lui. Le voyage a été pénible. Aley, dans la pénombre, apocalyptique. La route était déserte et on devinait les poteaux électriques. Une lueur blafarde filtrait d'un bâtiment éventré. Des réfugiés vivaient dans ces décombres. La descente vers la plaine de la Bekaa me fit songer à mon dernier voyage et à ma rencontre avec Hussein Moussawi, le gentleman-terroriste. Je me suis arrêtée à Chtaura – étape obligatoire sur le trajet Beyrouth-Damas – et j'y ai fait des achats. On ne trouve plus rien en Syrie où depuis longtemps la faillite de l'économie a bloqué les importations. Je suis arrivée en pleurs place Arnous.

A l'aube, les bruits de Damas sont ceux d'Istanbul. L'effroi d'être là sans lui me chasse de ma chambre vers la vieille ville. Je m'installe au café de la petite place qui se trouve derrière la mosquée des Omeyyades. Pendant le Ramadan, après la prière du soir, c'est ici que venait chaque jour le *hakawati*, dernier des conteurs publics. Je ne reconnais plus l'endroit. On a défiguré les alentours de la mosquée, repoussant et rasant toute une partie de la ville arabe pour que le président Assad puisse venir y prier en toute sécurité.

Au crépuscule, un vent de muscade et de safran me ramène dans les rues tortueuses de Bzourieh. Les cédrats me rappellent le temps des confitures. Peu avant Bab-

Charki, près du quartier juif, on entend grogner un chien. Je voudrais que mes filles grandissent ici, qu'elles s'imprègnent des couleurs et des odeurs de Syrie, qu'elles apprennent l'histoire de mon pays.

BEYROUTH, 16 FÉVRIER

Le canon tonne sans arrêt. Les éclairs des explosions font au salon des murs de verre irisé. Malgré Chopin, la nuit est tumultueuse et chaotique. Plus tard, les boules Quiès, naguère efficaces, ne m'empêchent pas d'entendre, dans la rue en bas, le hurlement des miliciens, puis un cri de mort et un claquement de portière. Leurs jouets à la main, les filles se collent à moi. Je me sens seule et désemparée, puis l'aube arrive doucement comme la mort qui prend les vieux.

Il faut que je sorte pour téléphoner à d'Humières. Il préviendra la famille en France que nous sommes indemnes. Une dizaine de miliciens d'Amal sont postés dans l'immeuble. Je cours en rasant les murs et l'un d'eux fait arrêter le tir sur une position druze pour me laisser passer. Le retour est tout aussi mouvementé.

Je décide de quitter l'ouest où la vie devient impossible. Je ne supporte plus la proximité des chiites. L'idée que les restes de Michel sont sans doute enfouis sous une décharge de la banlieue sud... Sous une pluie torrentielle, j'embarque les filles, les peluches, les couches et fais le grand tour qui permet, en évitant les zones de combat, d'arriver au passage du Musée. Je suis la première à quitter l'ouest ce jour-là.

BROUMANA, MARS 1987

Je me suis installée tant bien que mal dans une maisonnette où je dois sans cesse rallumer les poêles à mazout que la tempête s'acharne à éteindre. La pluie ne veut pas cesser. Accoudée à la fenêtre, je regarde pendant des heures un lambeau de pinède. Dans la chambre des filles, j'ai accroché *Événement doux* de Kandinsky. Je n'ai donné aucun signe de ma timide présence à l'est.

Un homme, brutalement, m'avait dit la vérité ; elle était si cruelle qu'elle a d'abord avivé ma soif de vengeance. Pendant des heures et des heures, il a tenté de me donner la force qu'il puisait en lui-même pour me dissuader de tuer. Il m'en a empêchée sans me convaincre.

Il m'a tenue par la main pour remonter à proximité de la vie. Quand les jours s'arrêtaient, suspendus, entre hiver et printemps, il me montrait à l'horizon la ligne de crête, puis la profondeur de la vallée. Il a déclenché en moi le lent et dur travail du deuil.

Son désir d'un Dieu ironique et tendre n'a pas effacé la rancœur qu'avait laissée en moi ma scolarité chez les religieuses d'Alep et de Londres. Il m'a pourtant guidée dans les méandres des chrétientés orientales. L'agrégé de grammaire se fraya un chemin et remonta avec moi jusqu'aux sources ottomanes.

Quand d'autres voulaient me voir jouer la veuve éplorée qui courbe la tête et remercie les autorités pour leur sollicitude, il a partagé ma révolte.

Sa présence m'aura préservée de l'ultime démission.

Par un dimanche tranquille, ma cousine Marie-Thérèse s'est suicidée. Je suis soulagée de la savoir enfin délivrée d'une détresse insupportable. Comme si je n'avais pas eu mon compte de cercueils et de larmes, d'Humières me presse d'assister aux obsèques. Dans son sermon, le vieil évêque syriaque, Monseigneur Jarjour, après avoir évoqué la « maladie » de Marie-Thérèse, rend hommage à la famille Mamarbachi, « pilier de la communauté ». Il doit savoir ce qui s'est passé, pourquoi et comment les Turcs ont assassiné mon grand-père, pourquoi nous avons dû nous exiler. Il faut qu'enfin, moi aussi, je sache.

L'impatience me fait trébucher en franchissant le semblant de perron du patriarcat syriaque pour la première fois. Un pauvre diable bossu me guide jusqu'à l'évêque et je remarque au passage que les Kachans et les Tabriz du patriarcat sont plus usés que les tapis de la mosquée des Omeyyades. Une vague odeur d'encens plane sur ces lieux délabrés et mélancoliques. Quand je passe enfin le seuil de son bureau, Mgr Jarjour sourit avec douceur, me serre dans ses bras et me fait asseoir sur une chaise si haute que mes pieds ne touchent pas terre. En m'offrant de pauvres caramels, il me dit qu'il prie beaucoup pour moi et que Michel Seurat est un martyr de la chrétienté. Il ne semble pas pressé de me parler des massacres du début du siècle. Il se lève enfin, se dirige vers une longue vitrine poussiéreuse et tire des rayonnages encombrés trois petits fascicules. Il ouvre l'un deux et commence à fredonner des psaumes de sa composition. « Nous aimons beaucoup Marie, nous, les gens de Mardine... »

Arrivé au refrain, il me serre doucement le bras et entonne :

« La vierge fidèle
Aux beaux cheveux d'or
Travaille chez elle... »

Puis il passe doucement la main sur mes boucles rousses. Émue, je comprends que je suis devenue Marie et qu'une connivence affectueuse vient de naître entre nous.

Je reviens plusieurs fois lui rendre visite et découvre que le vieil évêque ne manque pas d'humour. Je lui avoue enfin que Laetitia n'est pas encore baptisée. Je veux qu'il la baptise, mais Michel était catholique latin. Comment faire ?

« Tant pis, on la baptisera en cachette dans notre chapelle d'ici ! C'est mieux. D'ailleurs il y a trop de morts là-bas dans la basilique. Et puis, c'est l'endroit où ton papa a reçu la décoration décernée par le patriarche de Jérusalem pour avoir construit une église en Palestine. »

Le père Pierre Hammal, qui dirige la petite école de la paroisse syriaque près du Musée, m'a promis, de son côté, de m'aider à éclaircir les circonstances de l'assassinat de mon grand-père. Par un matin pluvieux de mars, il s'incline à mon entrée dans son bureau, ouvre un tiroir et me tend, sans un mot, un manuscrit. Je lis sur la couverture : *Mardine, ville héroïque.* L'opuscule, qui n'a pas été publié, a été rédigé à Mardine même, par un témoin oculaire, le dominicain Simon, et il est dédié au patriarche syriaque Gabriel Tappouni.

« Je ne sais pas si vous trouverez là des précisions sur votre grand-père mais vous aurez au moins une idée de la façon d'agir de ces gens-là... »

Je remercie chaleureusement le père Pierre. Je suis si pressée de savoir que je me réfugie dans la voiture et, sous une pluie battante, je lis le manuscrit d'un bout à l'autre.

Il commence par quelques phrases solennelles et terribles qui me font comprendre rétrospectivement pourquoi, en traversant la Turquie en moto avec Michel, il y a dix ans, j'ai été prise d'un vertige. Tout cela, je le savais sans jamais l'avoir appris :

« En mars-novembre 1915, une immense ligne rouge, couleur de sang, barra le ciel. Elle répandit la crainte puis sema des cadavres dans tous les sillons qu'elle éclairait. Il se passait ce fait monstrueux, sans nom et sans définition possible, que la jeune patrie Ottomane décimait ou, plutôt, anéantissait de ses propres mains ses propres fils, qu'elle vidait leurs maisons, violait leurs filles, emmenait leurs femmes, dispersait les familles, incendiait leurs villages, déportait les survivants, brûlait les morts... »

Et le dominicain Simon, après un appel au secours lancé en vain à l'Europe chrétienne, chante les catholiques de Mardine : *« Probité, travail et piété durant la vie, enthousiasme, constance et sang-froid en face de la mort, foi, espérance et charité à l'heure de l'holocauste suprême. »*

Révélations lugubres... C'est le titre qu'à choisi le vieux moine pour son récit que le style fleuri de l'Orient rend encore plus poignant. Je n'en reproduis ici qu'une partie. Celle où le nom de papa apparaît pour la première fois...

Les brutes ont biffé du livre des vivants des familles héritières d'un long passé d'honorabilité : les Djennandji et les Maloyan, les Hammal, les Mamarbachi, les Terzi et bien d'autres encore. Tous noms qui résonnent aux oreilles mardiniennes comme une fanfare joyeuse, rappelant des siècles de fidélité à l'Église et à l'Empire ottoman. Le Turc a voulu les effacer : mais l'homme n'efface pas, même avec une éponge de sang, un vieux titre de noblesse.

Des rumeurs sinistres, en partie confirmées, infirmées en partie, circulaient à Mardine. On se chuchotait le mot massacre. On se disait tout bas un chiffre formidable de tués. Mais on croyait Mardine abritée derrière le rempart de sa fidélité, quand tout à coup, au matin du 3 juin, dans un immense coup de filet, des notables des trois nations furent pris et jetés en prison. « Ce ne sera rien, disait-on, 48 heures à l'ombre des cachots, et puis libération totale... »

Le bourreau de Mardine, c'est lui... Il a nom Memdouh bey... ! Il était chef commissaire de police.

Il arrêta d'abord, puis il tortura.

Sur l'ordre de Memdouh bey, on mit les notables à la question, afin de leur faire avouer l'existence des dépôts d'armes à Mardine. On les frappa sur la plante des pieds, les pieds étant maintenus en l'air à l'aide de cordes jusqu'à ce que les patients s'évanouissent. Alors, un seau d'eau froide sur la tête leur rendait le sentiment, et l'on reprenait la bastonnade. Le sang coulait, c'était le signe attendu et l'on cessait de frapper. On reportait alors la victime à demi morte dans la prison.

Le jeudi 10 juin 1915. Il était une heure du matin. Le

cortège funèbre s'avançait lentement et en silence à travers les rues de la ville. Avertis, les Mardiniens, aux écoutes depuis des heures entières, guettaient le départ.

Ils marchaient, attachés les uns aux autres à l'aide de grosses cordes. Plusieurs portaient des chaînes aux bras, quelques-uns même avaient le cou assujetti par des anneaux de fer. Tous étaient encadrés de 100 soldats de la milice.

Pas un mot dans les rangs des prisonniers. Mais nous, nous entendions à travers le cliquetis des épées le bruit des battements de leurs cœurs d'une part, et, d'un autre côté, les cris et les adieux des femmes et des enfants.

Nuit sans pareille... L'obscurité s'employait à jeter sur toute cette scène un deuil plus profond et à cacher aux regards ce qu'elle avait de pitoyable.

La colonne des chrétiens parvint à Cheikhane, village kurde, situé à 6 heures de Mardine. Là, Memdouh bey fit arrêter le convoi et lut un prétendu firman impérial ainsi rédigé :

« Le Gouvernement Impérial vous avait comblés de ses faveurs. Liberté, égalité, fraternité, justice, emplois importants, grades honorifiques, et cependant vous l'avez trahi.

« Pour cause de trahison de la Patrie Ottomane, vous êtes donc tous condamnés à mort. Celui de vous qui se fera musulman retournera à Mardine, sain et sauf et honoré. Dans une heure vous devez être exécutés. Préparez-vous : dites votre dernière prière. »

Il se passa alors une scène indescriptible digne du tableau antique des Martyrs rassemblés dans les arènes de Rome et attendant panthères et léopards. Mais ici, l'amphithéâtre était plus vaste, la solitude plus profonde et les bêtes plus féroces.

Memdouh bey fit un premier partage. Des 405 convoyés, il en prit 100, qu'il dirigea au lieu-dit des « grottes de Cheikhane ». Les cavernes profondes n'ont pas rendu leurs victimes.

... Les bourreaux à peine revenus, Memdouh bey choisit 100 autres martyrs que l'on conduisit à une heure de là, à l'endroit appelé « Kalaa de Zerzewan ». Ils y furent tous massacrés quatre par quatre, à coups de pierre, à coups de poignard, à coups de dague, à coups de cimeterre et de massue, et jetés dans les puits. Affamés, dépouillés, garrotés, promenés pieds nus à travers les cailloux du chemin et les épines des champs, les autres marchèrent deux heures, et, arrivés dans une vallée profonde à quatre heures de Diarbékir, ils y furent tous exterminés, le 11 juin, un vendredi, fête du Sacré-Cœur.

Le deuil succède au deuil. Nouvelle Rachel, la ville catholique de Mardine, la cité du silence et des fruits, épanche ses larmes inconsolables.

Le premier convoi funèbre du 10 juin marchait encore à son agonie que l'on préparait de nouvelles recrues à la mort. »

En pleine nuit, on prit 75 d'entre eux, qui ne reparurent plus jamais... et parmi eux se trouvaient trois Mamarbachi, garrot au cou, chaînes aux mains, qui furent transportés à une heure de là, dans les grottes fameuses de la contrée, asile du crime et refuge du remords...

Les autorités turques, contrairement à ce que l'on croit souvent, ne frappèrent pas seulement les Arméniens. Parmi les syriaques elles épargnèrent les jacobites mais déportèrent et massacrèrent les catholiques. Mon grand-père fut torturé pendant sept jours et sept nuits. On l'acheva à coups de dague. Par miracle, Marie, son épouse, dont je porte le nom, réussit à s'enfuir avec ses sept garçons. Deux mourront de faim.

Elle aurait marché trois jours pour arriver à une gare. On raconte aussi qu'un officier de l'armée ottomane a eu pitié d'elle et lui a donné un cheval. Quoi qu'il en soit, elle parvint à Alep malgré l'interdiction formelle d'y admettre les réfugiés d'Anatolie qu'avait édictée le gouvernement turc et que le préfet local, Djelal bey, donnant un exemple rare d'humanité, se refusa à observer. Durant quelques jours, Marie se réfugia chez des parents qui habitaient près de l'église chaldéenne détruite depuis. Une semaine après son arrivée, elle campait dans la cour de l'église syriaque. La paroisse lui trouva une petite pièce dans le quartier de Djeidé. Pour nourrir ses enfants, elle travaillait nuit et jour. La nuit, comme garde-malade dans un hôpital où elle pouvait tricoter quelques vêtements qu'elle vendait à un prix dérisoire. Le jour, elle allait à la gare de Bagdad coudre des sacs de jute. L'aîné des fils, mon oncle Ifram, et Georges, mon père, l'aidèrent à subsister, d'abord comme cireurs de chaussures puis en colportant galettes et radis. Ils vendirent ensuite un peu de tout à l'armée française du Mandat installée près de la citadelle, obtinrent de grosses adjudications et finirent, en 1933, par construire la ville de Tall Tamer pour les réfugiés assyriens qui fuyaient d'autres massacres en Irak.

Trois ans plus tard, au printemps de 1919, l'un des enfants, Pierre, était interpellé et fouillé dans un train. Dans son cahier, un policier tomba sur une page manuscrite. C'était une lettre destinée au patriarche syriaque et donnant des nouvelles du dominicain Simon qui avait fui les massacres et qui se cachait à Alep.

« Qui t'a dicté cette page ? Tu fais donc de la politique ? Tu vas voir ! »

L'enfant, jeté en prison et bâtonné deux fois par jour, fut contraint, sous menace de mort, à copier une lettre provocatrice et à la porter au patriarche à Mardine. J'en ai retrouvé le texte :

« Bonnes nouvelles ! La paix va régner dans environ deux mois. Le Kaiser est bel et bien fini ! Son successeur est mort et son deuxième fils blessé. C'est la pagaille à Berlin et la France est en train de gagner la guerre. Les Anglais ont avancé et entreront bientôt à Mossoul. »

Arrivé à Mardine tard dans la soirée, l'enfant remit, comme on le lui avait ordonné, la fausse lettre au patriarche qui, éventant la machination, le renvoya. A son retour au commissariat, Pierre fut sauvagement battu et torturé pendant vingt jours. « Son corps était couvert de plaies », dit maman. La police le laissa en paix lorsqu'elle put s'emparer de Simon et le jeter en prison. Les chrétiens ne devaient être libérés qu'après l'entrée des Anglais à Alep, le 26 octobre 1918. Il n'en restait plus que 3 500 à Mardine, dont beaucoup de veuves et d'orphelins.

Chrétiens et musulmans. A Beyrouth, longtemps, ils ont vécu en bonne harmonie. Comme à Mardine. Puis la ville coupée en deux a organisé un face-à-face indifférent ou haineux. Michel et moi, nous avons effectué mille fois le trajet entre les deux religions devenues ennemies. Ce va-et-vient rythmait notre vie. Certains jours, il pouvait être très dangereux mais le danger lui-même, dans cet univers surréaliste, pouvait ajouter un ingrédient au bonheur. Nous étions fous. Je me souviens d'une nuit à l'est, en plein invasion israélienne. Nous sirotions de l'arak sous le ciel étoilé en écoutant pleuvoir les obus sur le Chouf et Beyrouth-Ouest. Michel fumait placidement le narguilé. A une heure, nous nous avisons qu'Henri a oublié de nous remettre sa clé et que nous sommes sans logis. Il est beaucoup trop tard pour passer à l'ouest. Nous essayons de dormir dans la voiture. Et voici que le tic-tac de la montre de bord m'en empêche. Moi que les obus n'ont pas effrayée, je deviens folle à ce bruit infime. J'exige de rentrer à la maison. Nous ne pensons même pas que nous pourrions aller à l'hôtel ! Quand nous arrivons à l'ouest, les miliciens du premier barrage nous regardent, éberlués : « D'où venez-vous ? Vous êtes fous ! Éteignez vos phares : un hélico israélien tourne par ici. »

La guerre comme une drogue. Ailleurs, les plates réalités d'une vie normale auraient pesé sur notre couple jusqu'à l'étouffer. A Beyrouth,les névroses individuelles se perdent avec soulagement dans l'immense folie collective. Les jours trop calmes, Michel et moi nous étions inquiets, guettés par notre pire ennemi, que nous craignions plus que les bombes : l'ennui. Mais il avait rarement l'occasion de nous atteindre. Les mille et un épisodes de la vie quotidienne, le décor dantesque et saugrenu, tout semblait conçu par un humoriste féroce qui voulait bien nous tuer mais sans nous faire bâiller une seconde. Dans quelle autre ville aurions-nous lu, sur une pancarte de six mètres de long, un gigantesque « Crisis Hotel » se pavanant au-dessus des ruines ? Dans quel autre port voit-on les navires arriver et lever l'ancre au beau milieu de bateaux morts qui, couchés sur le flanc, leur font un accueil mélancolique ?

Beyrouth remplissait son office d'enfer poétique, nous versant son poison délicieux ! Nous allions monter dans un manège sélect, l'Apollo Club, que se partagent quelques propriétaires. L'endroit était sublime, encore ennobli par un aqueduc romain. Mais nous y étions pris entre les canons de l'armée libanaise, qui tonnaient de temps à autre, et un carré de choux que les soldats cultivaient pendant les accalmies. Faute de vocations locales, nos palefreniers étaient sri-lankais. J'en ai vu un jaillir un matin d'une stalle, l'émotion accusant encore son accent d'Asie : *« Sir, sir, Goebbels ate Tino Rossi ! »* Enquête faite, Goebbels était le rat familier de l'écurie et Tino la perruche de Lynn, l'épouse anglaise du propriétaire...

Beyrouth mélangeait sans cesse la bande dessinée à la tragédie. Les êtres et les choses avaient au moins deux visages et la surprise n'était pas toujours plaisante. Ce concierge druze si dévoué qui nous installa avec soin une porte blindée pour protéger nos tapis devait, un peu plus tard, nous voler notre voiture... Parfois, la cocasserie faisait un pied-de-nez à la mort. Au rez-de-chaussée d'une permanence phalangiste qui occupait trois étages, un professeur de piano poursuivait tranquillement ses activités. Un jour, il avait affiché un romantique portrait de Chopin. Quelques miliciens chrétiens venus d'un autre quartier sont arrivés, pleins de sympathie, présenter leurs condoléances : « Vous avez eu un nouveau martyr ? » Au Liban, un jeune homme sur une affiche ne peut être qu'un jeune mort.

Dans cet extraordinaire révélateur, le vernis social se dissout, les êtres apparaissent à nu. Les couples explosent au point que j'ai entendu récemment, dans un village de la montagne chrétienne, un prêtre prêcher une vertu qui allait de soi depuis des siècles, la fidélité conjugale ! L'homosexuel latent passe enfin aux actes. Celui qui n'avait jamais osé tromper sa femme franchit le pas. Celui qui se disait socialiste, prétendait tout partager et n'aimait pas l'argent, se met à vanter « la bonne soupe » et « l'oseille ». Michel n'échappait pas à la loi générale.

Lui aussi, si méprisant à l'égard des choses matérielles, a découvert qu'il aimait dépenser. A chacun, Beyrouth révèle son diable secret. Certains étrangers ne voulaient plus quitter le Liban parce que, là seulement, ils étaient quelque chose et que, pour la première fois de leur vie, ils existaient vraiment. Sans parler des satisfactions de vanité : un modeste professeur de lycée pouvait accueillir chez lui, pour fêter son anniversaire, ministres et personnages haut placés.

Derrière cette comédie, la mort rôde. Elle aussi a de l'humour. Quand on la côtoie à chaque instant, la vie devient infiniment précieuse. Michel et moi jouions souvent à ce quitte ou double. Je n'ai jamais pu, par tempérament, m'installer à demeure, scruter l'horizon au-delà de six mois. Lui, il se sentait un nomade, avait horreur des rails, de la route droite et banale qui mène les autres vers la retraite. Pour nous, la guerre, avec son immense incertitude, était à la fois atroce et grisante. Quels rendez-vous nous donnait-elle ? Un soir de 1979, en compagnie de deux maquettistes, j'étais penchée sur un dessin dans un appartement de Tabaris, au bord du Ring, cette grande artère qui mène d'un Beyrouth à l'autre et était devenue le boulevard de la mort. J'ai entendu un sifflement et soudain l'ampoule a explosé au-dessus de ma tête. Un franc-tireur avait pris pour cible la seule fenêtre éclairée de cet avant-poste du secteur est. Une autre fois, trois ans plus tard, deux voyous, pistolet au poing, ont voulu, en pleine nuit, nous voler notre voiture à quelques mètres de la maison. Résister était de la folie, mais je ne pouvais pas me soumettre. Ils nous ont collés au mur, Michel et moi. J'ai hurlé en attendant la balle. Des cris si terribles qu'ils se sont enfuis.

Pendant ces années-là, tout ce qui n'était pas la vie ou la mort devenait secondaire, négligeable. A la fin de 1982, lorsque Amine Gemayel devint président de la République, les Libanais ont vécu un moment de grâce. Ils ont cru la paix à portée de main. Étrange climat ! On ne risquait plus sa peau pour aller dîner les uns chez les autres. On ne sentait plus battre son cœur. La paix, c'était donc aussi cette eau plate ?

C'est en 1984, avec la montée de l'intégrisme musulman à l'ouest, que d'un seul coup, la griserie de la guerre s'est dissipée. Alors, j'ai su qu'il allait nous arriver malheur. Et j'ai cessé de rire.

Des nuages orageux s'avancent lentement vers le sud. De la petite route qui se faufile entre des rochers hostiles, je vois de loin le patriarcat grec catholique. Il ressemble à Alcatraz. Au pied du bâtiment, d'imposantes voitures sont garées.

L'orage éclate et je me hâte de pénétrer dans le bâtiment. Le sol dénudé, les petites croix fixées çà et là sur d'interminables murs blancs et lisses créent une atmosphère glaciale. La hauteur des plafonds, l'épaisseur des piliers évoquent la puissance de Byzance.

Le secrétaire du patriarche, tête familière du temps d'Alep, me reconnaît au passage et me demande des nouvelles de ma mère. Il ne porte pas la soutane et son pantalon a un pli irréprochable. Il me conduit dans son bureau et, haussant son regard vers les cieux, il prend une profonde inspiration et formule quelque chose entre la condoléance et la compassion au martyr. Après avoir parlé quelque temps des melkites d'Alep, il se dirige vers une table basse recouverte d'une feutrine rouge. Une collection de bouteilles de Marie Brizard éclaire le mur massif. Où est le temps où les couvents distillaient leur liqueur des moines ?

Sur l'histoire de la famille de maman, le secrétaire n'a pas grand-chose à m'offrir. Il me propose mollement quelques fascicules sur le rite. Entre Marie Brizard et caramels, je découvre l'abîme qui sépare les deux Églises sœurs, la syriaque de l'Anatolie rurale et la grecque-catholique des bourgeois du Levant.

Je ne me sens aucune affinité avec ce lieu. Comme je préfère l'autre patriarcat, sa grille de fer forgé noir, son étrange calligraphie, sa longue façade voluptueuse et délabrée ! C'est lui qui me raconte mon vrai pays. Un pays imaginaire. Ni Alep ni la Syrie mais le pays de l'exil, des déportations, des massacres.

A Alep, c'est la conquête ottomane de 1516 qui a rétabli une présence chrétienne, indispensable pour que la cité retrouve son antique prospérité fondée sur les caravanes. L'islam interdisant le prêt à intérêt, les négociants et financiers chrétiens jouaient un rôle économique précieux. C'est ainsi qu'un ancêtre de maman arriva dans la ville. En 1638, le sultan Mourad IV fit halte à Alep sur la route de Bagdad et estima qu'il fallait y accroître le nombre des chrétiens. Rentré à Istanbul, il convoqua l'un d'eux, un certain Dimitri Matrouk, et lui ordonna d'installer dans la ville quelques familles. L'homme en fit venir quarante, du Liban, d'Anatolie, de Hama et il reçut le sobriquet de « Dallal » qui signifie le courtier. Dans la vieille cité chrétienne d'Alep, il existe encore une « ruelle des Quarante ». Mais la maison de ma famille maternelle date d'une période postérieure et fut construite à Haret-Cissi, dans le

quartier qui, comme ce nom l'indique, regroupait les originaires de Cilicie. Les chrétiens avaient également bâti, *extra-muros,* une ville qui leur était réservée, Jdeidé (la nouvelle). Heureux temps, où ils vivaient en paix, côte à côte, avec les musulmans ! Quand des troubles se produisaient, ils étaient dus aux Bédouins, aux Tcherkesses ou aux Kurdes. Les chrétiens, fidèles sujets ottomans, refusaient d'y participer et les émeutiers – ce fut le cas en 1850 – leur faisaient parfois payer leur loyalisme en incendiant les églises. Une rue d'Alep porte encore le nom de Gabriel Dallal, descendant de l'aïeul courtier et grand personnage de la communauté.

Cet oncle, je n'en sais rien ou presque. Je veux le connaître. Un beau matin, je décide de rendre visite à Edmond Dallal, le frère de maman. Je commence par lui parler de ce que je viens de découvrir : les massacres de chrétiens. Et je les attribue à la barbarie de l'islam.

« Ce n'est pas l'islam, ma fille, me dit-il de son habituel ton posé. Ce n'est pas une chose aussi simple qu'islam contre christianisme. Ton grand-oncle, le fameux Gabriel Dallal, qu'est-ce qui l'a tué ? L'Empire ottoman ou l'islam ? »

Je lui réponds, stupéfaite :

« Comment cela ? Il a été tué, lui aussi ? Mais je croyais qu'il était poète ?

– Poète ? Plutôt un érudit. Et, à l'époque, un érudit était un homme dangereux. Les Turcs l'ont emprisonné en 1890. Deux ans plus tard, ils ont prétendu qu'il était mort d'une crise cardiaque. En fait, il avait été empoisonné. On le faisait beaucoup dans les prisons ottomanes. »

Je ne peux pas le croire.

« Un cachot, un simulacre de crise cardiaque ! Comme Michel ? Ce n'est pas possible ! »

Edmond me regarde et hoche la tête.

« Je pensais que tu le savais.

– Comment l'aurais-je su ? Mais dans cette famille on ne parle jamais des massacres et des morts ! Depuis quelques semaines, c'est comme une hécatombe. Et des deux côtés ! »

Mon oncle me raconte la vie de Gabriel Dallal. Né le 2 avril 1836, il grandit dans le palais de Haret-Cissi que fréquentaient les hommes de lettres et les poètes. Il perd son père à onze ans et sa sœur, Madeleine, qui dirige la maisonnée, l'envoie dès qu'il achève ses études primaires au collège lazariste d'Aïntoura, dans la montagne maronite du Liban. Cette région bénéficiait au sein de l'Empire ottoman d'une sorte d'indépendance et bon nombre de Syriens chrétiens y venaient acquérir une éducation qui, en terre d'islam, se limitait aux écoles coraniques réservées aux musulmans. C'est d'ailleurs au mont Liban que fut créée la première imprimerie, en 1630, à Mar Chaya. Ce sont les chrétiens qui ont simplifié la grammaire arabe figée depuis l'époque abbasside. Dans le cadre de la Renaissance arabe, œuvre des chrétiens, ils tentèrent, au siècle dernier, d'acclimater les concepts occidentaux de liberté, d'égalité et de démocratie.

Gabriel fit des études brillantes. Doué d'une mémoire prodigieuse, il avait, comme Michel, la passion des livres et n'hésitait pas à entreprendre un voyage pour s'en procurer un. Il était, lui aussi, féru d'Ibn Khaldoun, qui obséda Michel durant les trois dernières années de sa vie. Et il savait par cœur une grande partie du Coran.

Quand l'un de ses oncles Matrouk mourut à Constantinople, Gabriel Dallal hérita d'une fortune colossale : épées serties de pierres précieuses, bijoux tout droit sortis des *Mille et une nuits,* collections de pièces sung et ming. Parti prendre possession de ces trésors, il décida d'élargir son horizon et s'embarqua pour l'Europe. Dans son grand tour d'Occident, il emmena sa femme, la belle Suzanne, qui, à leur passage à Paris, ouvrit un jour le bal des Tuileries au bras de Napoléon III. Il la surnomma « l'Étoile d'Orient » et fit exécuter son portrait par son peintre favori. Gabriel fut chargé par le ministre français de l'Instruction de diriger une publication en langue arabe, *Al Sada.* A Marseille, la sublime Suzanne tomba malade et mourut.

Mon grand-oncle fut aussi l'ami très cher d'un ministre féru lui aussi des concepts démocratiques occidentaux, Khaireddine Pacha Tounsi. Ce haut dignitaire de l'Empire ottoman emmenait chaque année Gabriel prendre les eaux avec lui à Vichy. Lorsque Tounsi devint ministre de la Sublime-Porte en 1879, il prit Gabriel à ses côtés. Mon grand-oncle répandit les idées, beaucoup trop libérales pour l'époque, de son protecteur. Celui-ci, écarté du gouvernement par le grand vizir, fut nommé wali de Tunisie. Mais dans ce nouveau poste, il acquit une trop grande autonomie et le pouvoir le révoqua avant de l'emprisonner et de le faire empoisonner dans son cachot. Gabriel Dallal se réfugia alors à Vienne où il donna le goût de l'arabe à la cour impériale et revint enfin à Alep, sa ville, où il n'avait pas reparu depuis dix-sept ans. Dans son petit palais, il tint un salon littéraire dont le ton voltairien indisposa le pouvoir. Dans un poème jugé subversif, *Le Trône et l'Autel,* il s'en prit au « joug imposé par l'Empire » et aux excès des religieux. Jeté en prison en 1892, il périt deux ans plus tard comme son ami d'une « crise cardiaque » qui cachait mal l'empoisonnement. Mon grand-père Jabra et son frère Abdallah héritèrent de la demeure de Haret-Cissi et du commerce de cuirs et d'épices. Ils importaient des peaux de Turquie, les tannaient à Alep et les expédiaient en Angleterre où ils effectuèrent de nombreux voyages. Jabra épousa Afifé Azrak – originaire de la Perse – et ils eurent trois filles, Alexandra, Christine et Ève, ma mère.

Ma tante Alexandra avait les plus beaux cheveux d'Alep. Le dimanche, pendant la promenade sous les moucharabiehs, des passants admiratifs l'arrêtaient :

« Tu es bien la fille de Jabra Dallal, n'est-ce pas ? »

Alexandra et ma mère ont toujours été inséparables. Les trois sœurs firent leur scolarité dans un couvent libanais du Metn puis, de retour à Alep, chez les franciscaines-missionnaires de Marie. A l'époque, il était interdit de parler arabe dans l'établissement. Les religieuses faisaient circuler, pendant la récréation, une balle que l'on donnait à l'écolière en infraction. Quand sonnait la cloche annonçant la reprise du cours, l'élève en possession de la balle était punie. Ma sœur et moi avons été quarante ans plus tard élèves des franciscaines, mais dans un nouveau couvent construit dans la région du Sabil.

A quinze ans, Alexandra épousa un riche entrepreneur arménien qu'elle avait ébloui en étalant devant lui, sur ordre paternel, ses dons de musicienne. Elle devait mourir à Beyrouth le 30 août 1982, le jour même où Arafat quitta la ville assiégée par les Israéliens. La plus jeune sœur de maman, Christine, se fiança à un ingénieur, Albert Ariss, qui travaillait au Haut-Commissariat français du Levant. C'est ainsi que mes parents firent connaissance. Papa et Albert construisaient ensemble en Syrie le pont de Deir-ez-Zor. Christine insistait beaucoup pour que sa sœur fît la connaissance du riche ami de son fiancé. Ils se promenèrent un jour ensemble, par un de nos printemps secs et fleuris d'Alep, et la jeune fille trouva son compagnon antipathique et peu séduisant. En dépit de sa fortune, elle refusa de l'épouser. Pourtant, son père l'y poussait. Dans le couple, chacun trouvait son compte : elle qui n'avait pas de dot et lui qui voulait redorer son blason. Pour échapper à cette union, maman s'enfuit chez ses demi-frères qui avaient de belles situations au Caire. L'épouse de l'un d'eux avait ses entrées à la cour du roi Farouk. Mais maman ne pouvait vivre indéfiniment à leur charge et elle finit par se résigner à épouser son prétendant.

Dès ma tendre enfance, j'ai senti l'abîme qui séparait le réfugié d'Anatolie et la citadine d'Alep. Elle ne s'habitua jamais à l'entendre écorcher le français. Lui se consacrait à son jardin et à ses animaux. Aujourd'hui encore, lorsque maman se fâche contre ma sœur et moi, elle éclate :

« Au fond, vous n'êtes que des filles de Mardine ! » Si j'étais au moins cela ! Déracinée, exilée, j'aurais fait naître avec Michel, entre mon Orient et son Occident, une Méditerranée lumineuse et éclatante.

La captivité et l'assassinat de Michel s'inscrivent-ils dans une fatalité historique ? Qui est responsable de ces destins tragiques ? Le grand-père massacré. Le fils torturé à douze ans. Mon grand-oncle liquidé pour avoir rêvé de démocratie. Mon mari pris en otage, accusé d'espionnage, assassiné à son tour... Je remonte la trame du temps, je lis des piles d'ouvrages. Je cherche un coupable. L'islam ?

Jung parle de l'inconscient collectif des peuples. Peut-on s'y replonger ? Papa vient de Mardine. Maman est d'Alep. L'histoire de sa famille remonte au XVIIIe siècle, sa maison est décrite dans le *Guide bleu* et son aïeul vient de Constantinople. Suis-je syrienne ? Chrétienne ? Arabe ?

Mon père n'a jamais eu aucune haine envers l'islam et Michel lui a consacré l'essentiel de sa vie. Mon oncle Edmond raconte que lorsque mon grand-père Jabra était en Angleterre, ses collègues et voisins musulmans passaient chaque jour à la maison de Haret-Cissi pour demander à sa mère s'ils pouvaient lui être utiles.

Je me souviens de l'expédition de Suez, en 1956. Une fureur anti-occidentale agitait la Syrie. L'attaque conjuguée des Anglais, des Français et des Israéliens contre Nasser, qui venait de nationaliser le canal, avait créé une véritable psychose. Un jour, le chauffeur vint nous chercher à l'école avant que la cloche eût sonné quatre heures. Papa nous avait devancées à la maison. Il avait apporté des rouleaux de papier bleu marine, de ceux que l'on colle sur les vitres pour les aveugler lorsqu'on s'attend à des attaques aériennes. Elles ne sont jamais venues, mais la foule, cet après-midi-là, descendit dans la rue. « Les musulmans ! les musulmans ! » disait le chauffeur arménien. Les manifestants criaient des slogans que nous ne cherchions même pas à comprendre. Leur colère et leur peur nous étaient étrangères. Soudain, quelqu'un hurla : « La ville est en train de brûler ! » Ma sœur et moi, nous nous sommes précipitées à la fenêtre de notre chambre. Au-delà des gazons du jardin public, on voyait monter des colonnes de fumée noire. Elle cria :

« Les écoles, ils brûlent nos écoles ! Le lycée ! Les franciscaines ! »

Elle regardait, hagarde. Mon cousin Henri avait un fantasme : les musulmans, disait-il, avaient jeté le Saint-Sacrement dans les W.-C. Moi, je me contentais d'espérer que, le lendemain, nous n'aurions pas école. Et l'école brûla...

Michel Seurat est mort. Il repose aujourd'hui à Raoudat-al-Chahidayn – « Le jardin des deux martyrs ». Certains jours je trouve un semblant de paix à penser que sa mort s'apparente à un destin.

Si d'appartenir à une chrétienté orientale me fait accepter qu'on puisse mourir de la main de musulmans parmi des musulmans, je ne puis me résigner aux circonstances qui ont accompagné sa mort.

Tout a commencé par un entrefilet dans *L'Orient-Le Jour* : « Un journaliste et un chercheur français sont portés disparus depuis mercredi soir alors qu'ils venaient d'arriver à l'aéroport, apprend-on auprès de leurs proches. »

Au Liban, tant de femmes ont vu leur mari tué ou enlevé sans même que cela soit publié. Que dire des exécutions sommaires... La banalité de mon malheur n'ôte rien à ma souffrance et aux raffinements de cruauté que j'ai dû subir. La torture a été aggravée par l'immense imposture qui a entouré sa mort. Mort placée au centre d'un battage médiatique où certains ont rivalisé d'indécence, avant qu'elle ne soit réduite à un enjeu politique. Je sais qu'il y a une fatalité de l'imposture : à l'instant même que je la dénonce, j'y participe en l'alimentant. Comment faire autrement ?

Je n'ai toujours pas compris l'attitude des officiels français auxquels j'ai eu affaire, du chef de l'État au plus modeste chargé de mission. Quand je sens monter en moi l'indignation et la fureur, je tente de m'apaiser en me disant que je reste une étrangère et qu'au fond, je dois renoncer à comprendre cette vieille démocratie devenue frileuse et poltronne, moi, la fille d'un Orient totalitaire et brutal.

Je ne demandais pas qu'on fasse acte de contrition pour son enlèvement ni pour sa mort. Volontaire pour un poste dangereux, il avait voulu ces risques à la mesure de ses exigences. J'espérais seulement qu'on ferait au mieux pour tenter de le sauver. Était-ce impossible ? J'attendais alors la clarté, le simple courage et qu'on veuille bien ne pas mêler le mensonge à la mort.

Ce fut au contraire une dérobade générale. On multiplia les initiatives dans le moment même où on fuyait les responsabilités. La désorganisation fut à son comble.

Jamais le gouvernement de la France, qu'il fût de droite ou de gauche, n'a su désigner, pour traiter le problème des otages, un homme unique disposant de toutes les informations, définissant une politique cohérente : contradictions, conflits, compétition entre cabinets ministériels, autant dire entre appétits et vanités.

Avec toutes les variantes : les maîtres du « Chère madame, je suis désolé » ; les matamores qui mangent du terroriste au petit déjeuner ; les apeurés aux yeux fuyants ; les trop aimables... « Comment vont vos adorables petites filles ? » Merci, les orphelines se portent bien.

Le Premier ministre qui, dès son entrée en fonction, reprochait à son prédécesseur d'avoir eu recours à « des émissaires officieux, des personnages couleur de muraille se promenant d'aéroport en aéroport », s'est montré, quelques mois plus tard, encore moins délicat sur le choix de ses envoyés.

Chacun venait à Beyrouth pour le compte de son patron – président ou Premier ministre – avec la recette qui devait le propulser au sommet des sondages : l'un avec sa mallette bourrée de dollars, l'autre avec son holster sous l'aisselle, l'autre encore avec des plans à la « Rainbow Warrior ». L'Élysée et Matignon finirent par se disputer jusqu'à l'avion du G.L.A.M. qui vint récupérer les otages.

Les défenseurs des droits de l'homme qui prétendaient venir au Liban pour « sensibiliser l'opinion publique libanaise » voulaient ignorer – parfois délibérément – que dans ce pays une vingtaine de morts ne fait pas un titre, que plus de trois mille personnes y ont été enlevées sans même une revendication.

Les journalistes ? Je leur reproche de n'avoir jamais expliqué et toujours exploité, ayant cependant compris que les otages n'intéressaient le pouvoir – et même le passionnaient – que dans la mesure où ils parvenaient à émouvoir l'opinion et à faire miroiter des conséquences électorales. Leurs confrères italiens avaient fini par avoir la dignité de ne plus publier les « résolutions stratégiques » des Brigades rouges, pour cesser de se faire manipuler. Rien de tel en France.

Quelques-uns avaient parfaitement saisi la nocivité de ce vacarme. Ils n'ont pas eu le courage – par peur d'aller à rebrousse-poil de l'opinion – de lancer un appel, de faire arrêter la grosse caisse du cirque en folie.

La chasse au « scoop », à Beyrouth, n'était pas belle à voir. Certains journalistes s'insinuaient dans les bonnes grâces des familles en désarroi, tel celui qui obtint de Mme Sontag la clé de son appartement et s'installa au téléphone pour attendre les revendications des ravisseurs... D'autres s'emparaient d'événements dérisoires pour alimenter leur papier : l'un d'eux m'administra un soir des somnifères et jugea indispensable de le raconter à toute la France, le lendemain matin. Il y eut plus grave : des photos de famille extorquées – des moments de bonheur perdu – que l'on négociait ensuite à prix d'or.

Combien de journaux ont refusé ce jeu ? Combien de rédacteurs en chef ont-ils refusé d'étaler en première page le visage d'un otage assassiné et son cercueil successivement ouvert puis fermé ? Poussé à cette caricature, le « droit à l'information » n'est pas loin de la complicité.

Au nom de la « solidarité », la presse s'est prêtée à une énorme mascarade qui a dévoyé la générosité, la compassion, la pitié du grand public. Qui, sinon elle, a provoqué la surenchère des politiciens, obligés de suivre pour se faire valoir ? Que *l'Événement du jeudi* publie les tartarinades de son directeur, passe encore... Mais afficher le portrait souriant de son malheureux journaliste dans le style carte postale « souvenir du Liban » sur tous les murs de Paris avait-il d'autre sens que publicitaire ? On a mobilisé au métro Saint-Paul des syndicalistes et de supposés ténors de la vie politique : tant de gens assemblés ne trouvèrent qu'à « témoigner de la bonne volonté commune pour faire libérer les otages illégalement détenus ». Illégalement...

Les ravisseurs, avec une parfaite connaissance des médias occidentaux ont joué de leurs rivalités, de leur incompétence, de leur soif de sensationnel, de leur goût du lucre : les Américains devaient certes couvrir le détournement d'un de leurs avions. Mais devaient-ils payer 25 000 dollars pour une photo sollicitée, exhibant un pirate braquant son pistolet sur la tempe d'un pilote ?

Pour qui connaît un tant soit peu le Proche-Orient et la situation à Beyrouth, la notion même « d'appel à la libération des otages » était ridicule. Croit-on que ceux qui les détiennent se laissent attendrir par les sentiments ? Tout le monde a pourtant cru bon de reprendre ce refrain.

Les trois grandes chaînes de télévision française diffusèrent un soir un naïf cantique à la bonne volonté des ravisseurs : « Que les oreilles s'ouvrent ! Que ceux qui ont pouvoir de vie sur vous vous comprennent enfin ! L'heure est venue pour que le mot liberté ait le même sens, quelles que soient la bouche et la langue de ceux qui le prononcent. Nous voudrions guider la main de ceux qui vous gardent et croyons qu'ils vont ouvrir bientôt la porte de vos prisons. »

Lionel Jospin, Simone Veil, Louis Mermaz, André Rossinot ont ainsi tenu, sans même s'en apercevoir, le langage du commanditaire probable du rapt, Mahmoud Nourani, chargé d'affaires iranien à Beyrouth ou le cheikh Fadlallah, le chat fourré de l'intégrisme qui, à la veille de Noël, proclama, une fois de plus, qu'il condamnait les prises d'otages. Quitte à s'en pourlécher les babines quand la presse repliait son matériel...

On bascule dans le grotesque avec les propositions de « remplacement » ! Dès le 13 juin 1985, Lucien Bitterlin, l'étrange président de l'Association de solidarité franco-arabe, est « tout à fait disponible ». En août, les détenus d'une prison du midi de la France demandent à changer de geôliers. Puis, c'est le message des Éclaireurs de France lancé aux ravisseurs, *via L'Orient-Le Jour*, par l'inénarrable Paperon : « Bonjour, *salam !* Cent jours, ça suffit ! Nous sommes quatre volontaires pour remplacer à Beyrouth Jean-Paul Kauffmann, Marcel Carton, Marcel Fontaine et Michel Seurat. Il y a un musulman parmi nous et un homme âgé de soixante-seize ans. Je suis prêt à partir le premier pour remplacer Jean-Paul. Dès son retour en France parmi ses enfants, le second suivra et ainsi de suite. Tél, dom... tél, prof... » On eût dit une annonce spécialisée du *Nouvel Observateur !* Quelques semaines plus tard, les aspirants-otages récidivent : « Je serai accompagné d'un vieux monsieur parlant arabe... » A croire que nous manquions d'interprètes d'arabe à Beyrouth !

Pour la « cause des otages », tout le monde entra dans la danse. Des milliers de Nantais ont chanté en chœur quand, de l'autre côté de l'Atlantique, deux mille Québécois applaudissaient la performance. Le « comité de soutien » a organisé soirées théâtrales, course de voiliers, matchs de foot. Tous les anniversaires ont été exploités : la première semaine de détention, les cent jours... Jusqu'à l'apothéose des « mille jours » le 17 février 1988 au cours de laquelle les personnalités affluant à bord de la péniche du Comité furent – comme le rapporte la sobre dépêche de l'Agence France-Presse – « conviées à déguster l'une des mille crêpes préparées en l'honneur des marathoniens bretons partis dimanche de la Bretagne natale du journaliste et arrivés en fin de matinée ». Messages de Mitterrand et de Chirac, invitation faite aux lycéens de « débattre dans leurs classes du problème » : rien n'a manqué à ce dérisoire festival. Jack Lang, qui durant l'été 1985, patronna un court métrage à Beaubourg et François Léotard, héros des « mille jours », auraient pu se réconcilier autour de l'impression d'un T-shirt !

Pour la « cause », députés, sénateurs et parlementaires européens ont fait eux aussi un beau tapage. Ils ont couvert la voix de l'un d'entre eux, l'un des très rares à faire preuve de simple bon sens : « Cette affaire délicate ne peut pas être résolue par des effets de tribune. »

Cette agitation était inopérante sinon contre-productive. Le « comité de soutien », haletant, courait en tous sens, enchaînait les visites irréfléchies et hâtives dont le catalogue donne le tournis. A Beyrouth : Fadlallah, Chamseddine, Berri, Berro, Husseini, Karamé, Joumblatt ; à Tunis : la Ligue arabe ; à Paris : les ambassadeurs d'Israël et de Syrie. Démarches assorties de salamalecs aux Iraniens et d'un « Coucou ! me voilà » au Conseil national palestinien à Alger. En oubliant tout simplement l'essentiel : que le temps de l'Orient n'est pas celui de l'Occident. Que cette sarabande accroissait la valeur marchande des otages et compliquait les transactions.

Plutôt qu'organiser cette fête foraine et permanente autour de notre drame, mieux valait dénoncer les preneurs d'otages manipulant avec maestria le monde politique de l'Occident, dressant la gauche contre la droite, les tiers-mondistes contre les modérés, les avocats du droit à la vie contre ceux de la raison d'État. Téhéran agitait ses marionnettes : à Washington, Reagan s'empêtrait dans le scandale de l'Irangate ; à Paris Dumas, Chirac et Jospin s'injuriaient et donnaient corps par là même aux accusations de Rafsandjani assurant que le Premier ministre avait, quand il était dans l'opposition, demandé le report de la libération des otages. Pitoyable Guignol !

Le savant travail de désinformation, je l'avais déjà vu à l'œuvre. Les méthodes en ont été mises au point, quinze années durant, par les Palestiniens qui ont trouvé chez les pro-iraniens des élèves doués et heureux de s'instruire. On oublie trop que les mille hommes qui devaient former le premier noyau des « Gardiens de la révolution » ont été formés dans les années 1970 au sud du Liban par le Fatah de Yasser Arafat qui lui aussi « œuvra pour la libération des otages ».

Comme la plupart des Arabes, les Palestiniens sont convaincus que la perte de leur patrie tient, avant tout, à l'habileté des Israéliens dans la manipulation de l'opinion mondiale. Au début de la guerre du Liban, le Fatah organisait des « tours » sur le front. A Chiah, l'envoyé spécial d'un grand journal parisien, adroitement cornaqué, avait rencontré une « combattante chrétienne en jeans parlant un français qui n'avait pas de secret pour elle ». Cette informatrice providentielle lui avait expliqué que tout le front était tenu par « des chrétiens et des chrétiennes défendant des idéaux de gauche ». Il n'avait pas vu les deux mille Palestiniens engagés dans le combat !

En février 1987 à l'approche du Conseil national palestinien d'Alger, les Palestiniens, refusant de voir « la guerre des camps » quitter la « une » des journaux ont conçu une idée de génie. Assiégés par la milice Amal, non contents d'avoir quelques jours auparavant obtenu à coups de dollars l'entrée dans leurs camps de trois cents veaux et moutons, ils supplièrent le Raminagrobis du chiisme de délivrer une *fatoua*, une directive religieuse, les autorisant à « manger de la chair humaine ». Les gogos d'Occident furent, du moins, rassasiés de gros titres.

Je pense parfois à ce que Michel aurait dit de cet énorme malentendu et de cette immense mascarade. Des crêpes Suzette, des choristes nantais, des marathoniens bretons...

Peut-être se serait-il contenté d'en rire ? Je le reverrai toujours tel qu'il m'a quittée : retournant à sa captivité, trois volumes d'Ibn Khaldoun sous le bras, comme pour remettre à une plus juste place ses prétendus « libérateurs » et leur délire, ses geôliers et leur barbarie.

Le vacarme a servi d'alibi à l'incompétence, aux compromissions, voire aux mensonges... « Vous le reverrez, votre Michel... » « Allez donc l'attendre à Paris avec les filles, le retour est imminent ! » Je les entends encore ces petites phrases dont les auteurs ont fait semblant d'ignorer ce qu'ils savaient ou auraient dû savoir : Michel Seurat était mort et enterré.

Aujourd'hui encore, personne n'a eu la simple décence de me dire la vérité, non plus qu'à sa famille. Personne ne l'avait dit à son père, dont la coronaire a cédé après qu'il eut lu dans son journal que son fils avait été torturé. Personne ne l'a dit à sa mère, à qui on laisse encore espérer son retour.

Il a même fallu que le hasard d'une rencontre, en janvier 1988, me permette d'apprendre le pire. Un conseiller technique qui fut mêlé aux négociations me confia, à titre personnel, que mon mari était mort à la fin 1985, que son corps reposait au cimetière de Raoudat-al-Chahidayn, mais que le Quai d'Orsay aurait refusé un rapatriement pourtant proposé au cours des tractations.

La nuit qui suivit fut atroce. J'errai, entourée des corbeaux d'Alep, parmi des pierres tombales informes et délavées. Je m'enfonçai jusqu'aux genoux dans la boue. Le lendemain matin, j'effectuai trois fois le tour du cimetière. Je n'osai y pénétrer ; la seule entrée était surveillée.

Les serviteurs de l'État, tout comme les terroristes, auront maintenu jusqu'au bout l'incertitude. Qu'est-ce qui rendait cette mort inavouable, sinon la peur de n'avoir à présenter à l'opinion que le cercueil d'un otage dont il valait mieux laisser le décès en pointillés ?... Moi, Marie Seurat, veuve abusive, j'aurai donc le mauvais goût de l'attendre.

Quelle amertume aussi quand je pense à son destin. Toutes ces dissimulations, ces bévues, ces manœuvres, cette imposture, commises à propos d'un homme informé, lucide, intègre. On lui a bâti ainsi une deuxième geôle.

L'arabisant a été assassiné par les Arabes ; le spécialiste retourné au Coran a été mis à mort par les intégristes ; l'orientaliste a été tué par son Orient...

Même sa mort l'a trahi.

Aussi loin que je me souvienne, la mort m'a fascinée. A Oxford – j'avais dix-neuf ans –, je me suis réveillée par un tranquille dimanche matin semblable à tant d'autres, dans un cottage à Boars Hill, la colline des sangliers. Dehors, le vent agitait doucement les branches d'un chêne. Une lumière froide jouait avec les feuilles. Tout était à sa place mais rien n'avait de sens.

Je n'étais pas une littéraire. Je ne jouais pas à l'héroïne de Sartre. Mais ma nausée était bien celle-là. Ma bible à moi, c'était le petit volume nihiliste et désespéré de Jacques Rigaut, le dadaïste qui disait : « Il oubliait pour boire. » J'ai relu cent fois ce livre de l'homme de trente ans qui s'est tiré une balle dans la tête.

Une lumière d'hiver sur une branche. Et cela ne signifiait rien. Ce matin-là, je me suis longuement lavé les cheveux, j'ai mis ma plus jolie chemise de nuit et j'ai étalé sur la tablette de la salle de bains tous les barbituriques rapportés de Beyrouth où on se les procurait sans ordonnance. J'étais une étudiante choyée. La veille au soir, j'avais dîné gaiement avec mes jeunes amis philosophes. Vingt fois de suite, j'ai avalé dans une gorgée d'eau la petite mort râpeuse des comprimés. Je n'avais pas de raison de mourir. J'en avais encore moins de vivre.

Je me suis endormie, infiniment soulagée. Trente heures plus tard, une amie qui avait la clé est venue. Comment aurais-je su qu'elle avait oublié quelque chose chez moi ? A ma sortie du coma, maman était là, régentant les blouses blanches. Quand j'ai dit la vérité, que je m'étais suicidée par ennui, on m'a enfermée pour trois mois dans un hôpital psychiatrique. J'ai épié les vieillards aux yeux vides qui tressaient des paniers d'osier. Un psychanalyste m'a allongée pour quelques séances sur son divan. Je suis partie quand je l'ai surpris à bâiller. Il s'ennuyait, lui aussi ?

La mort de Michel. Dans les premiers temps, ma vieille rage d'autodestruction m'a saisie, une fois de plus. J'ai voulu tuer, mourir... La lumière froide sur l'arbre d'Oxford a recommencé à baigner le monde de son insupportable néant. Je n'étais rien. Sans mari, sans pays.

J'ai beaucoup exhibé mes plaies. D'autres souffrent plus discrètement. Mais la mort de Michel m'a prise par les épaules. La femme qui errait dans la vie sans but et sans loi, avec dans son sac des lames de rasoir et dans sa chambre des poisons qui, à tout moment, lui donnaient la clé d'une mort refuge, la femme sans ombre a rencontré son image, traits ravagés et cheveux épars. Et elle a tenté de savoir qui était la folle dans le miroir.

Demain, je vais faire baptiser ma fille, moi qui ne crois pas au Dieu d'amour. Pour l'ancrer dans une communauté, pour lui rendre une patrie ? Je l'ai cru mais ce n'est pas la vraie raison.

Car dans ce patriarcat de pénombre et de pauvreté, les premiers mots de douceur tombés des lèvres du vieil évêque, ces mots avaient l'accent de papa. Cet accent arabe lourd et maladroit, l'accent des gens de Mardine. Aujourd'hui, mon père n'est plus qu'un vieil homme à l'esprit égaré et ne me reconnaît plus.

Quand il partait pour l'usine à Alep, tarbouche sur la tête, souliers mal cirés et de la cendre sur son revers de veste, maman se fâchait. Quand elle me répétait sans cesse « Tu es nulle, Mary ! Tu n'arriveras jamais à rien... », de sa famille à elle, de sa sœur Alexandra, je n'avais que les cheveux. Si épais, si soyeux ! Le reste, papa me l'avait donné. Tout ce reste qu'elle n'aimait pas : le gros nez des Mamarbachi, de ces réfugiés courtauds et sans grâce dont elle tentait de rectifier l'héritage en m'infligeant des piqûres d'hormones pour me faire grandir.

Alors... Ça ne tiendrait qu'à cela ? Des parents sans amour l'un pour l'autre, stigmatisés par leurs différences d'origine et de classe ? Deux chrétientés d'Orient faisant mauvais ménage : la ville et la campagne, l'artifice et l'authentique, le Vatican et la Terre sainte. Est-ce leur combat qui m'a déchirée ? Je suis peut-être allée fuir à Londres, New York et Paris dans une vie trépidante le duel entre ces deux lames qui m'ont blessée à tout jamais.

Aurais-je choisi mon camp ?

Ma mère, par moments, je l'ai haïe. Pouvait-elle agir autrement ? Mieux ? Elle aussi – j'ai mis longtemps à le comprendre – rendait sans le savoir un malheur qu'elle avait reçu. Sans mère, confiée à trois ans à une marâtre qui la battait, mariée par résignation, mal aimée par sa belle-famille, humiliée parce que stérile, elle avait trouvé, dans la bonne société de la Syrie du Mandat français, le code de conduite minutieux et les convenances qui servent de garde-fou. L'ai-je vue une seule fois, en tant d'années, sourire d'un vrai bonheur, rire d'une vraie joie ? Il fallait avant tout sauver les apparences, ne pas décevoir les amies sorties du même moule. La vie ne consistait qu'en cela.

Quand Michel est mort, elle s'est abstenue de jouer aux cartes pendant quarante jours, comme il est de coutume. Mais la première fois qu'elle dut se séparer de moi quelque temps – j'avais deux ans – elle s'est évanouie. Et elle ne m'aurait pas aimée ? Mais comme cet amour m'a fait mal ! Il m'aura affectée plus que la fuite de papa – nous aurions dû être des garçons... Quelle amertume !

Suis-je coupable ? Elle ? Lui ? Ou personne ? Comment le savoir ?

J'ai fouillé le passé de ma famille... Ce que j'y ai découvert, ces meurtres inconvenants que les bonnes manières interdisaient d'évoquer, semblaient donner raison à maman. L'islam était bien cette mer dangereuse qu'elle redoutait et d'où sortaient les monstres. Mais, au fond de moi, je savais depuis toujours que tout était moins simple. L'islam, c'est aussi cette terre proche, ce champ du voisin que papa et Michel regardaient d'un œil amical.

Contre quoi porter ma révolte après cette expérience, ce retour sur moi ? C'est un peu mon baptême qui se célèbre demain. A ce prix, je pourrai peut-être retrouver un début de sérénité, un semblant de paix.

Je me reconnais dans le mot d'Antonin Artaud : « Je suis un homme que révolte l'existence de tout. » Je voudrais que mes filles, un jour, retrouvent le meilleur de ma révolte. Qu'elles ne se laissent pas *mater* – ce verbe affreux que j'entendais, enfant. Qu'elles soient, elles aussi, provocatrices, artistes indomptées. Qu'elles s'imprègnent de plusieurs sociétés pour qu'aucune ne les bride et ne les forge en ce qu'elles ne sont pas.

Mon mal, l'amour ne suffisait pas à le guérir. Au-delà de la passion, de sa frénésie à éclipses, je ne pouvais compter que sur moi. Et sur les quelques êtres qui m'ont accompagnée. Avec eux, les liens sont devenus plus profonds, plus solides. Je suis sortie du brouhaha faussement chaleureux des amitiés où chacun se protège de soi-même par les embrassades, les rires et les mots.

C'était un homme secret enfermé dans quelque chose. Peut-être sa douleur. L'aurais-je encore aimé sans notre errance, professeur à Paris, dans la grisaille de ces vies où l'on n'a plus rien à improviser ? Je ne sais pas. Nous avions la même passion pour la vitesse, le risque, le désert. Il faisait provision d'espace comme un faucon qui va mourir en cage. Depuis, je ne dessine plus. Je ne dessinerai plus jamais.

Cette force qui revient, ce n'est plus dans la mort que je la puise. Les corbeaux d'Alep et le chêne d'Oxford m'ont quittée. J'ai l'impression que je suis devenue une autre. Je ne le supporte pas encore. Parfois, quand la nostalgie me prend, je laisse entrer la folle de Chaillot.

Je n'avais pas peint en noir le toucan que je lui ai offert, le premier matin. Le malheur est venu quand même. Mon amant aux yeux gris, ce dernier voyage, le plus douloureux, le plus difficile, c'est sur ta moto que je le fais.

Devant le porche du patriarcat syriaque, de vieux tapis persans sont étalés au soleil comme dans un bourg perdu. Ces religieux-là ont le cœur simple. Le vieil évêque me reçoit avec chaleur. Il donne à ma petite Laetitia le prénom arabe qui sera désormais le sien.

« Alors, mon enfant, quand baptisons-nous Leïla ? Tout est réglé avec les latins.

– Je vais fixer la date avec le parrain et vous en aviserai aussitôt. »

Il s'éclipse un instant, revient avec un formulaire de baptême qu'il me tend. C'est un affreux feuillet jaunâtre qui porte en haut et à gauche en caractères gothiques : « Patriarcat syrien catholique. »

Je le regarde interloquée.

« Syrien ? Pourquoi syrien, monseigneur ?

– Mais parce que nous dépendons d'Antioche, mon enfant.

– Antioche est en Turquie, monseigneur, et de toute façon cela ne signifie désormais plus grand-chose aujourd'hui. Je ne peux pas admettre que notre communauté soit qualifiée de syrienne. La Syrie est un État, pas une religion. Il faut changer ces formulaires et remplacer syrien par syriaque.

– Mais, c'est impossible !

– Monseigneur, je ne peux pas baptiser ma fille à l'église " syrienne " !

– Il faut que j'en discute avec le patriarche, mon petit.

– Alors discutez, monseigneur... »

Deux jours plus tard, l'évêque me téléphone. Les nouveaux formulaires sont prêts.

Outre Zaza et moi, seuls le parrain et Manmo assistent à la cérémonie. Le vieil évêque nous reçoit dans son bureau et nous offre des dragées au chocolat. Le parrain, qui est latin, plaisante sur l'exotisme de notre chrétienté syriaque. Les filles gambadent d'une pièce à l'autre. Leurs cris joyeux illuminent le plafond gris.

Juillet n'a jamais été aussi chaud. La chapelle, dépouillée, baigne dans une pénombre fraîche. Une vieille cuvette de porcelaine craquelée trône sur la table dressée au pied de l'autel. L'évêque et le père Pierre psalmodient en syriaque. Zaza, émerveillée, est calme et attentive. Leïla se débat dans les bras de son parrain qui lui caresse tendrement le front en l'inclinant vers l'eau sainte. Debout près de lui, je lutte contre mes larmes. La cérémonie dure près d'une heure. Les syriaques ont tout leur temps.

Enfin, le vieil évêque me tend le certificat et le poème qu'il a écrit pour Leïla :

Ne soyez pas avares d'eau
Pour cette fleur
La joie est grande.
Elle serait encore plus grande
Si le Père était parmi nous.

Je serre contre moi mes deux filles, ces deux petits corps éclatants comme l'odeur du jasmin.

« You are all people
to whom nothing has happened,
at most a continual impact of external events.
You have gone through life in sleep,
never woken to the nightmare.
I tell you,
life would be unendurable
if you were wide awake. »

T.S. ELIOT
A Family Reunion

GLOSSAIRE

ABAYA : manteau-cape porté au Proche-Orient, surtout chez les Bédouins.

ABBASSIDES : dynastie califale arabo-musulmane apparentée à Mahomet, ayant régné au Moyen Age à Bagdad puis au Caire.

ACHOURA : fête marquant le dixième jour de l'année lunaire islamique, au cours de laquelle les chiites se livrent à la contrition et les sunnites à l'allégresse.

ALAOUITES : minorité arabe d'origine chiite, surtout présente en Syrie, où elle est au pouvoir, à travers le général Hafez El Assad, depuis 1970 (aucun lien avec la dynastie alaouite, actuellement régnante au Maroc).

AMAL : parti politique et milice chiites libanais fondés par feu l'imam Moussa Sadr et dirigés à présent par l'avocat et ministre Nahib Berri.

ASSYRIENS : nom d'une antique civilisation mésopotamienne, attribué au XIXe siècle aux chrétiens nestoriens vivant notamment en Irak et en Turquie et ayant l'araméen, la langue du Christ, comme idiome maternel et liturgique. (Les chaldéens sont la branche de ces chrétiens unis à Rome.)

BISMILLAH EL-RAHMANE, EL RAHIM : invocation ouvrant le Coran et signifiant : « Au nom (de Dieu) le clément, le miséricordieux. »

CHALDÉENS : voir ASSYRIENS.

CHAWARMA : escalopes de mouton sur broche grillées au charbon de bois et servies en fines lamelles.

CHIITES : communauté musulmane « hétérodoxe » et minoritaire (sauf en Iran et en Irak), séparée du sunnisme et attachant pratiquement autant d'importance à l'imam Ali qu'au prophète Mahomet, son beau-père.

CORNES GRECQUES : appelées aussi *bamias* ou *gombos,* ce sont les capsules comestibles d'un légume répandu dans le monde arabe et en Afrique.

DRUZES : minorité arabe, d'origine chiite, surtout installée au Liban (où son principal chef héréditaire est Walid Joumblatt), en Syrie et en Israël.

FALAFEL : boulettes de pâte de pois chiches et de fèves frites.

FEDAYINS (ou FEDAÏS) : littéralement « celui qui se sacrifie », résistant, combattant de guérilla.

GALABIEH : version égyptienne de la djellaba.

GRECS-CATHOLIQUES : connus également sous le nom de melkites, ces chrétiens arabophones du Proche-Orient sont unis à Rome mais ont leur propre patriarche et respectent toujours le rituel byzantin. (La mère de l'auteur est melkite.)

GRECS-ORTHODOXES : branche des précédents ne reconnaissant pas l'autorité du Saint-Siège.

HEZBOLLAH : en arabe et en persan, littéralement : « parti de Dieu. » Nom d'un mouvement politico-militaire chiite libanais, dirigé notamment par le cheikh Husseïn Fadlallah et auquel sont attribuées nombre d'actions anti-occidentales et antichrétiennes, enlèvements, etc.

HOMMOS : pois chiches, généralement servis en purée avec de l'huile d'olive, de l'ail, des graines de sésame et du jus de citron.

JACOBITES : nom donné aux chrétiens syriaques (voir ce mot), ne reconnaissant pas le pape de Rome.

KURDES : minorité du Proche-Orient (Turquie, Iran, Irak), en majorité sunnites.

LATINS : appellation donnée en Orient proche aux catholiques de rite romain, comme les Français, les Italiens, etc.

MANDAT : système juridique proche du protectorat par lequel la France, au nom de la Société des Nations, gouverna le Levant (Syrie et Liban) de 1918 à 1945.

MELKITE : voir GRECS-CATHOLIQUES.

MELOUKHIÉ : de cette plante appelée en français mélochie, corette potagère ou mauve des juifs, les Orientaux tirent une sauce ou une soupe verte dont l'Égypte s'est fait une spécialité.

MIR-BOTEH : fleurs de cachemire.

MOUKHABARAT : littéralement « renseignements » et, par extension, « services secrets ».

MOUTABBAL : purée d'aubergines mêlée à de l'huile d'olive, des graines de sésame, de l'ail et du citron.

OMEYYADES : la plus ancienne dynastie arabe, fondée à Damas au début de l'islam, et opposée aux premiers chiites. Des Omeyyades régnèrent également par la suite en Espagne musulmane.

RAÏS : chef, patron, et par extension président, en arabe. Nasser fut par excellence le Raïs.

SOUFISME : forme de mysticisme musulman, souvent combattu par le pouvoir politico-religieux.

SOUMAK : tissus originaire du Caucase.

SLOUGHI : lévrier du désert.

SUNNITES : communauté islamique majoritaire puisqu'elle regroupe, à travers le monde, près de 90 % des musulmans arabes ou non arabes.

SYRIAQUES : parmi ces chrétiens orientaux arabophones, on distingue les syriaques-catholiques, rattachés à Rome bien qu'ayant conservé leur patriarche et leur rite, et les syriaques-orthodoxes ou jacobites (voir ce mot). La langue syriaque est une branche de l'araméen, idiome dans lequel prêchait le Christ. (Le père de l'auteur est syriaque-catholique.)

TABLA : sorte de tambourin.

TARBOUCHE : nom levantin du fez.

TCHERKESSES : ou Circassiens, peuple originaire du Caucase du Nord.

UNRWA : sigle anglais de l'organisation spécialisée des Nations unies chargée des réfugiés palestiniens.

WALI : équivalent arabe et turc des préfets, gouverneurs, etc. La circonscription où s'exerce l'autorité du wali est la wilaya.

ZIKR : invocations divines et, par extension, « danse » populaire musulmane cadencée par le nom d'Allah.

ACHEVÉ D'IMPRIMER LE 30 SEPTEMBRE 1988
SUR LES PRESSES DE L'IMPRIMERIE HÉRISSEY
POUR LE COMPTE DE FRANCE LOISIRS
123, BOULEVARD DE GRENELLE, 75005 PARIS

N° d'éditeur : 14400
N° d'imprimeur : 46268
Imprimé en France